FUIR L'EDEN

DU MÊME AUTEUR

—

Ceux que je suis. Finitude, 2019.

OLIVIER DORCHAMPS

FUIR L'EDEN

FINITUDE

Illustration de couverture :
© Claudio Divizia / shutterstock

ISBN 978-2-36339-159-9

Aux élèves des lycées de Bagnolet, Drancy et
Noisy-le-Grand, et à leurs professeurs
qui m'ont généreusement accueilli.
Écrivez, rappez, hurlez !
À force, le monde vous entendra.

À toi qui ne voulais plus vivre
et que j'aurais dû aborder.

« Je voudrai rentrer dans le mur, je pousserai le mur avec le dos de toutes mes forces, et le mur résistera, comme dans les cauchemars. »

Jean-Paul Sartre

1

Je vis du côté moche des voies ferrées ; pas le quartier rupin avec ses petits restos, ses boulangeries coquettes, ses boutiques bio et ses cafés qui servent des cappuccinos au lait de soja à des blondes en pantalon de yoga. Non. Tu passes sous le pont ferroviaire, au-delà de la gare routière et son rempart de bus qui crache une ombre vermeille le long du goudron flingué et, un peu plus loin, derrière le bosquet et les capotes usagées, la barre d'immeubles au fond de l'impasse, c'est chez moi. Au bout du monde. C'est ça, juste en face de la vieille bicoque victorienne transformée en mosquée. J'habite au treizième étage avec ma sœur Lauren et l'autre. *Eden Tower*, mais tout le monde ici dit l'Eden.

Les mecs ne manquent pas d'humour parce que c'est loin de ressembler au paradis. Il y a un panneau derrière les grilles, côté rue pour les passants, avec un croquis et les dimensions du bâtiment. Sous les tags, on peut lire sa chronologie jusqu'à l'année où il a été classé, il y a vingt ans, sans doute pour remercier l'architecte d'avoir si bien embrigadé la misère. Après, plus rien. Ça lui fait une belle jambe cette reconnaissance. Il est mort depuis belle lurette d'après le panneau.

Classé, ça ne veut pas dire que c'est beau, ni même entretenu, juste qu'on interdit aux habitants de faire quoi que ce soit qui pourrait contrarier la *vision artistique de l'architecte*, qui n'en a sûrement rien à foutre depuis son cimetière. C'est formulé comme ça – la vision artistique, pas le cimetière – dans la circulaire qui met les nouveaux arrivants au parfum et encombre nos boîtes aux lettres chaque année. On se marre parce que tout le monde sait que ceux qui pondent ce genre de littérature ne fouleront jamais le sol de l'Eden. Ils se bornent à nous rappeler la chance que nous avons de vivre dans un monument historique, puis nous assènent leur traditionnelle série de « ne pas » paternalistes : ne pas laisser pendre de linge aux fenêtres (qui ferment à peine), ne pas repeindre les volets (qui ouvrent à peine), ne pas mettre de fleurs aux balcons (qui tiennent à peine), ne pas accrocher de vélos aux lampadaires (qui n'éclairent plus le chemin de personne depuis longtemps).

Ne pas.

Ne pas.

Ne pas.

Chaque année ils déboulonnent le panneau, devenu illisible, pour le remplacer par un autre tout neuf. Deux jours plus tard, il est de nouveau couvert de tags. De temps en temps, avec Ben et Pav, on observe les touristes s'aventurer jusqu'aux barreaux qui nous encerclent. Ils arpentent la rue, nez en l'air, et se tordent le cou, appareil photo ou téléphone brandi pour canarder notre immeuble sous tous les angles. Il est tellement gigantesque qu'il déborde toujours du cadre. Gamins, on s'amusait à contrarier leurs efforts. Pas méchamment, pour rigoler. On n'avait pas grand-chose à faire : juste s'approcher nonchalamment de la limite et patienter. Ils ne pouvaient refréner un mouvement de recul en nous apercevant. On polluait leurs photos. Souvent ils s'énervaient et gesticulaient pour nous chasser. Pour aller où ? Parfois ils attendaient qu'on se lasse. Nous aussi. Débutait alors un long bras de fer de l'ennui. Les perdants, nous la plupart du temps, détalaient par dépit. Aujourd'hui on les mate pendant qu'ils se ridiculisent, allongés sur l'asphalte, téléphone à la main. Ils se contorsionnent comme s'ils allaient crever d'une overdose puis repartent, ravis, avec dans leur poche un bout de notre ciel gris derrière le béton gris.

L'Eden se compose de deux bâtiments : une tour et une barre, rattachées l'une à l'autre par une série de passerelles. La tour mesure quatre-vingt-dix-huit mètres de haut selon le panneau. Elle est aveugle, étroite et contient les ascenseurs, les canalisations et tous les trucs qui tombent régulièrement en panne. On dirait une fusée prête à décoller. D'ailleurs on l'a surnommée Cap Canaveral entre nous. L'Eden, à proprement parler, se déplie sur vingt-quatre étages et cent trente mètres de long. Les passerelles qui le relient à Cap Canaveral paraissent frêles en comparaison. On jurerait qu'elles vont s'effondrer et nous propulser vers la lune dans un nuage de poussière.

« *Eden Tower* est l'un des plus beaux exemples de Brutalisme au monde, une architecture typique des années cinquante à soixante-dix qui privilégie le béton et les matières brutes et se caractérise par l'absence totale d'ornements. Ce courant architectural imagine des cités composées de cellules d'habitat, empilées à répétition sur plusieurs niveaux. Il s'est particulièrement illustré dans notre pays. Depuis 2012, toutes les constructions brutalistes de Grande-Bretagne font l'objet d'un classement auprès du Fonds Mondial pour les Monuments (WMF), qui assure la protection des bâtiments les plus précieux de la planète. »

C'est ce que dit le panneau.

2

Le texto de Ben m'a réveillé super tôt ce matin. Ma tête bourdonnait. Je ne sais pas pourquoi. La vie. Tu as beau retourner les choses dans tous les sens, il y a toujours un truc à l'envers, comme quand tu tiens un livre devant un miroir. Sauf qu'un bouquin tu peux le relire si tu as du temps à tuer. Ce sera toujours un peu différent. La vie quand c'est foutu, c'est foutu.

Ben a presque fini son tableau à Banksy Tunnel. Il nous a envoyé les premières photos hier, à Pav et moi. C'est canon, pourtant je n'ai aucune envie de bouger. Je bullerais bien jusqu'à ce soir en glissant d'une connerie à l'autre sur mon téléphone. Les week-ends servent à ça après tout. Encore une ou deux vidéos et je me lève. Il est à peine neuf heures du mat. S'il envoie un autre texto, je sors du lit. J'adore son travail, ce n'est pas la question – Ben a un talent dingue – mais j'ai joué à Fortnite toute la nuit et je suis naze. Il me faut un Red Bull d'urgence, histoire de me remettre les yeux en face des trous.

Je bande sans raison sous la couette, les yeux égarés dans les fissures qui rampent sur le plafond. L'Eden se lézarde de partout. Ils ont même tendu un filet le long d'une partie de la façade pour contenir les éboulis après la pétition de certains touristes. Ils exigeaient que l'extérieur du bâtiment soit restauré et les grilles repeintes. Pour leurs photos. L'intérieur pouvait attendre. Notre chambre est un cube blanchâtre, comme les trois pièces de l'appartement ; des cubes blanchâtres vides de nos vies et remplis des saloperies qu'on nous vend.

J'hésite à me masturber. Lauren est déjà dans la cuisine et prépare le thé. Je jette un coup d'œil à mon site porno préféré. Un samedi matin ordinaire. Je me caresse. Pav appelle ça l'instinct de survie, cette gaule incontrôlable au réveil, *morning glory*. À mon avis il confond avec les personnes qui ont frôlé la mort. J'ai lu ça sur Internet après les attentats de je ne sais plus où, je ne sais plus quand. Apparemment, les gens qui en réchappent sont pris d'une furieuse envie de baiser ; une espèce de chant du cygne du survivant, un élan de reproduction pour que perdure l'espèce. Mes chants du cygne à moi avortent en général dans un Kleenex.

J'ai besoin de prendre une douche. Pour aller à la salle de bains, il faut passer devant le salon, la télé qui beugle, l'odeur de rance de l'autre et son ivresse pâteuse des lendemains de cuite. Hier soir il a picolé au pub avec ceux du chantier, comme tous les vendredis. Il cuve sûrement sa misère à présent, avachi sur le canapé, dans le scintillement bleuté d'une émission de téléréalité. Je n'ai pas trop envie de voir sa gueule.

J'attrape la boîte de Kleenex.

Je traverse le couloir à pas de loup, referme doucement la porte de la salle de bains et jette mon orgasme d'adolescent aux chiottes. Celui-ci se désagrège dans un tourbillon de chasse d'eau. Ça pue la bière fraîchement pissée ici. Il y en a partout. L'autre a encore visé à côté cette nuit, s'il a même pris la peine de viser. J'étale une serviette, la sienne, sur le carrelage pour absorber son souvenir et grimpe dans la baignoire. L'accumulation jaunâtre de calcaire, au fond, me râpe les pieds. L'eau est glacée, comme toujours les samedis matin. Les footeux de l'Eden rentrent de l'entraînement et vident la chaudière centrale à coups de douches interminables. Je me savonne en vitesse sous un filet d'eau polaire, puis m'essuie en sautillant pour me réchauffer. Serviette autour de la taille, plus ou moins sec, je vérifie mes yeux, mes cheveux, ma peau dans le miroir. J'ai l'air de quoi avec mon air buté, mon nez dévié et mes sourcils protubérants qui écrasent des yeux délavés ? J'éclate deux points noirs puis me frotte les dents rapidos avec un peu de dentifrice sur l'index avant de me réfugier de nouveau dans notre chambre.

Mon téléphone vibre. Deuxième message de Ben : « À quelle heure tu déboules ? On est à l'entrée de Banksy Tunnel. On aura fini dans un peu plus d'une heure. Vous venez ensemble, Pav et toi ? »

Je flaire mon T-shirt de la veille, mes chaussettes ; ça ira. Je les enfile, j'attrape mon pantalon de survêt qui traîne au pied du lit, mes baskets cachées sous le sommier et m'habille. J'ai le temps, Banksy Tunnel se trouve seulement à onze minutes de l'Eden en train, pourtant je me dépêche. Je veux décamper d'ici au plus vite.

Tu ne connais pas Banksy Tunnel ? Cherche sur Internet, tu verras. C'est un long passage piétonnier sous les voies ferrées de la gare de Waterloo, en plein centre de Londres. Pendant longtemps, les sans-abri s'y sont réfugiés, entre les junkies et la police qui faisait régulièrement des descentes. En hiver, les ambulances ramassaient les overdoses et les cadavres frigorifiés sous leurs couvertures de cartons d'emballage. Banksy et d'autres artistes ont recouvert les parois et le plafond de leur génie et, en quelques années, c'est devenu la cathédrale mondiale du Street Art. Ben m'a raconté tout l'historique il y a deux ans. Il y passe sa vie. Ses potes tagueurs et lui refont l'accrochage de leur petit musée souterrain chaque semaine ou presque. C'est pour ça qu'il vaut mieux se grouiller pour voir son œuvre avant qu'un autre artiste ne la recouvre de la sienne. Les mecs sont doués, il faut dire. Enfin, les mecs, il y a plein de filles aussi, tout aussi douées, si ce n'est pas plus. Une, surtout, que Ben aime bien. Elle a un nom de duchesse dont je ne me souviens jamais.

Ils ont passé la journée d'hier à bosser sur un tableau commun. Les premières photos sont grandioses. Ben m'impressionne depuis l'enfance. Il sait ce qu'il veut, il avance. Moi ? Non. Je n'ai pas vraiment d'idée. Je m'efforce de ne pas reculer.

On l'appelle Ben mais en réalité, son nom c'est Tadalesh, « celui qui a de la chance » en somalien. Quand il a échoué à Londres avec ses sœurs et ses parents, il avait huit ans et ne baragouinait pas un mot d'anglais. Un jour, Pav et moi dévorions un pot de *Ben & Jerry's*, appuyés contre le muret qui délimite le bout de gazon pelé devant l'Eden, quand Tadalesh et sa mère sont passés près de nous. Il la suivait comme un caneton. Elle s'est arrêtée pour tchatcher avec une autre Somalienne et le gosse s'est approché du muret. Classique. « C'est quoi ton nom ? » Il ne comprenait rien et nous a dévisagés, l'air béat. Pav lui a tendu sa cuillère. Tadalesh l'a léchée avec délectation. On s'est marrés. Des années plus tard, il nous a avoué que c'était la première fois qu'il goûtait de la glace. Sa mère l'a chopé par le bras, a hurlé trois mots dans leur drôle de langue, puis l'a traîné de nouveau à sa suite. Elle n'avait pas l'air commode. Depuis elle s'est adoucie à force de nous côtoyer. Il faut dire que Pav et moi sommes sans doute les moins voyous de l'Eden. Enfin, surtout moi. Ce jour-là, Pav a juste eu le temps de crier « Hey ! *Ben & Jerry* ! On t'revoit bientôt ? » C'est comme ça que Tadalesh est devenu Ben ; à cause d'un pot de crème glacée piqué le matin même au supermarché. Il a eu du bol que ce ne soit pas de la *Häagen-Dazs*.

J'attrape mon sweat à capuche et fourre les livres de Claire dans mon sac à dos. J'entends ma sœur plaisanter au téléphone avec une copine. J'entrouvre la porte de la cuisine et mime un « à ce soir » accompagné d'un clin d'œil. C'est nul, ce clin d'œil, surtout que Lauren a quatorze ans. La semaine, pendant les vacances, on passe notre temps à jouer à Fortnite quand l'autre est au boulot. Je me suis acheté une console, un casque et un écran d'occasion avec le fric que me donne Claire tous les mois. J'ai posé un cadenas sur la porte de notre chambre au cas où l'autre se croirait autorisé d'y traîner ses guêtres.

Fortnite, c'est énorme ! Au début du jeu, tu es parachuté dans un monde virtuel où tu dois débusquer quatre-vingt-dix-neuf autres joueurs, les dégommer et leur piquer leurs armes pour exterminer ceux qui restent. Tu ne peux pas te planquer parce qu'une tempête repousse tout le monde jusqu'à une zone où les survivants sont obligés de se massacrer. C'est géant ! Je choisis toujours la *skin*, le personnage si tu veux, d'un mec musclé, tatoué en général, avec les cheveux très courts et la tête bien carrée comme moi. Je me sens invincible. Si je me fais buter, je continue de suivre celui ou celle qui m'a troué la peau à l'écran, pour m'améliorer et copier son jeu dans la partie suivante. J'y retourne et je bousille tout ce qui bouge avec encore plus d'efficacité. J'ai montré la technique à Lauren. Elle se débrouille plutôt bien. Je la soupçonne de s'entraîner en cachette. Elle a un double de la clef de notre chambre, évidemment.

Le week-end je rejoins mes potes le matin. L'après-midi, je fais la lecture à Claire. Ça m'évite de croiser l'autre. On doit se dire dix phrases par mois, et encore. Toujours autour du fric et des courses que je me tape pour qu'on ait de quoi bouffer. Je rapporte souvent des mandarines. Lauren en raffole. L'autre déteste enlever la dentelle autour des quartiers. J'en achète régulièrement. Pour l'emmerder.

Je passe devant la télé qui braille tout ce qu'elle peut. Il est encore torché d'hier soir, à moitié clamsé dans son fauteuil et ne me calcule même pas. Tant mieux. J'ouvre la fenêtre du salon pour laisser un peu s'échapper la puanteur.

— Tu crois que j'vois pas ton p'tit manège ? marmonne-t-il tout à coup.

— Ta gueule. J'ai autre chose à foutre que d'écouter tes délires de pochtron.

— Tu vas où ?

— Qu'est-ce t'en as à secouer ?

— Tu vas où ?! répète-t-il en balançant péniblement une canette de bière vide qui s'affaisse à un mètre du fauteuil.

— T'occupe, fous-moi la paix !

— Me rapporte pas encore tes putains de mandarines !

— T'as qu'à te bouger le cul si tu veux autre chose, connard !

L'autre serine constamment que je ferais mieux de trouver du boulot sur les chantiers plutôt que de traîner avec mes potes. Dans quelques mois j'aurai dix-huit ans et je pourrai enfin lui dire d'aller se faire foutre quand il ressasse qu'à mon âge il gagnait déjà sa croûte. Il n'a aucune leçon à me donner. Je bosse depuis mes treize ans, comme la loi anglaise l'autorise ; douze heures par semaine durant l'année scolaire, vingt-cinq pendant les vacances. J'ai commencé par le supermarché en bas de l'Eden. Une copine caissière de ma mère m'y avait dégoté un job, peu après mon treizième anniversaire. Ça valait mieux que de traîner dans le quartier avec le deal ou la seringue pour horizon. J'ai fait entrer Pav et Ben quand des places se sont libérées. Qu'est-ce qu'on s'est marrés ! Au bout de deux ans, j'en ai eu ma claque d'aligner des paquets de pâtes à l'infini pour des prunes. J'ai répondu à la petite annonce de Claire sans me faire trop d'illusions. C'était mieux payé, c'est tout ce que je voyais. Ça me rapprochait du moment où je me casserais de l'Eden.

Et puis aussi, j'ai honte de l'avouer aujourd'hui parce que Mister Ferguson est un mec bien, mais je flippais à l'idée de finir comme lui, chef de rayon pour le reste de ma vie. En fin de journée, il nous filait un tas d'invendables qu'il faisait passer en pertes et profits, même s'il n'était pas dupe et savait bien qu'on les endommageait exprès pour ne pas avoir à les payer. Il nous a raconté un jour que lui aussi a grandi à l'Eden. Peut-être qu'un Mister Ferguson a eu pitié de lui dans sa jeunesse. Je ne sais pas, mais je ne voulais ni de sa pitié, ni d'une existence comme la sienne de ce côté-ci des voies ferrées.

Les premières séances chez Claire n'ont pas été une sinécure. J'ai failli jeter l'éponge à plusieurs reprises. Elle n'aurait jamais accepté, alors je me suis accroché. Au bout d'un moment, je n'ai plus pu m'en passer. Et pas que pour l'argent. L'autre continue de s'imaginer qu'à mes heures perdues je déballe des pots de moutarde sous un néon capricieux. Je ne lui ai jamais parlé de Claire. Je ne préfère pas. S'il savait, il me racketterait tout ce que j'économise et le claquerait sur un site de casino en ligne. Il aboierait que je perds mon temps chez elle, alors que c'est lui qui s'embourbe dans une vie de chien. Claire est persuadée que j'ai des capacités, alors hors de question de planter le lycée, même si c'est un repaire de pourritures. Évidemment pour l'autre, tout ça c'est du pipeau. Il n'est pas resté longtemps à l'école.

L'autre, c'est mon père. Il a trente-sept ans. Il en avait tout juste vingt quand je suis né.

Ma mère ? Dix-sept.

3

Je quitte l'appart et claque la porte, exprès pour le faire sursauter, puis sprinte le long de la passerelle jusqu'à Cap Canaveral. Il surgit sur le palier et braille dans mon dos ses insultes habituelles. Les ascenseurs mettent toujours une plombe à monter. Ils sont en panne une semaine sur deux et puent la pisse. Arrivé en bas, je pousse la porte en verre qu'une batte de base-ball a réduite en flocons la semaine dernière.

L'ombre de l'Eden écrase le jardin. Chaque année elle prolonge l'hiver de quelques jours. Les arbres verdissent timidement. Les jonquilles luttent pour percer le gazon gercé par la neige. J'ouvre le portail en acier dans un grincement de rouille. Le bouquet de fleurs a finalement fané. Ça doit bien faire dix jours qu'il est accroché là. Tout le monde à l'Eden connaissait la victime, un gosse de quatorze ans, quinze peut-être; pas beaucoup plus vieux que Lauren. Une bande rivale lui a perforé les reins et le foie au cran d'arrêt. On ne sait pas pourquoi. Il y a rarement une raison. Un regard, un mot de travers. La mère du gamin a tout vu depuis sa fenêtre. Elle s'est ruée hors de chez elle en hurlant. Le môme est mort dans l'ambulance. Après ça, la police a interrogé chaque habitant. Personne n'a mouchardé. Trop peur des représailles.

La grille se referme dans un clic métallique.

Je remonte l'impasse sans me presser. J'ai prévenu Ben que j'étais en route. J'entame le décompte dans ma tête, comme d'habitude. Je longe les autres barres d'immeubles nanifiées par l'Eden. Ça fait des années qu'on nous promet de rénover le quartier. Il a été sérieusement amoché pendant la Deuxième Guerre Mondiale m'a expliqué Claire, comme la plupart de Londres. Elle s'y connaît en Histoire. Je retiens mieux ses anecdotes que tout ce qu'on m'enfonce dans le crâne au lycée: Churchill, Darwin, Newton, Shakespeare. À quoi il me sert, Shakespeare, dans ma vie? Ça agace Claire quand je réagis comme ça. « Si tu te plongeais davantage dans Shakespeare, tu te poserais moins de questions inutiles et tu irais à l'essentiel. » Ça veut dire quoi? Elle parle toujours par énigmes. Avant de la rencontrer, je n'avais même jamais ouvert un bouquin. Maintenant, je lis tout ce qu'elle me met entre les mains.

En 1945, il ne restait rien ici. Les Allemands avaient entièrement réarrangé les rues à grand renfort de bombes. Ils visaient la gare de Clapham Junction pour bloquer les trains, mais leurs avions manquaient de précision, alors toute cette destruction s'est abattue sur nos têtes, enfin, celles des habitants de l'époque. La paix revenue, on a reconstruit comme on a pu, en posant des tours dans les trous de la guerre. On y a parqué les Irlandais, les Jamaïcains, les Indiens, les Pakistanais quand on en a eu besoin, puis les Ghanéens, les Nigérians, les Chypriotes et enfin les Polonais, les Lituaniens, les Somaliens, les Chinois, les Afghans et les autres. Une vraie tour de Babel ! Nous sommes les seuls Anglais de l'Eden. Et encore, l'autre est écossais. Pav dit souvent, pour plaisanter, que c'est la faute au politiquement correct. Il fallait un quota de *British* et c'est tombé sur nous. Il y a aussi des Kurdes qui tiennent l'épicerie derrière le barbier turc et un café algérien vient d'ouvrir en face de la mosquée et du centre d'études islamiques.

L'autre répète à qui veut l'entendre que c'est là que pousse la graine de terroriste, mais c'est lui le terroriste. Ma mère ne nous aurait jamais quittés s'il ne l'avait pas tabassée. La télé hurlait pour couvrir ses cris, mais les murs sont si fins que, même amortis par son ventre, les coups résonnaient dans tout l'Eden. Il ne frappait jamais le visage. Trop visible. Elle s'effondrait en faisant trembler la cloison de notre chambre. Il ne la finissait au pied que les soirs où il était sobre, en semaine. Il appelait ça ses moments de tendresse, en ricanant, le lendemain matin.

Souvent il la violait. Au bout de plusieurs minutes, elle se relevait, se traînait jusqu'à la salle de bains et laissait longuement couler l'eau dans le lavabo. Aujourd'hui encore, lorsque le siphon rote les trop-pleins d'eau stagnante, son fantôme revient me hanter. Elle entrouvrait la porte de notre chambre, vérifiait que Lauren et moi dormions ou faisions semblant, puis regagnait sagement la cuisine pour terminer sa vaisselle. Un soir, après son passage à la salle de bains, je m'étais faufilé derrière elle en silence. L'autre cuvait son crime, cul nu, sur la moquette. Elle me tournait le dos, brisée devant l'évier et la fenêtre entrouverte, le regard ancré sur la voie ferrée qui serpente au pied de l'Eden.

Le matin, elle nous accompagnait jusqu'à l'école, de l'autre côté du pont ferroviaire, et tirait sur sa blouse pour camoufler les bleus. Elle rejoignait ensuite son boulot de caissière à une heure et demie de transport de l'Eden. Elle ne pouvait pas risquer de manquer son train et nous déposait en avance devant les grilles de l'école avant de repartir immédiatement en direction de la gare. Lauren courait vers ses camarades de maternelle et son verre de lait quotidien tandis qu'au travers des barreaux, je fixais l'ombre de ma mère s'engloutir dans la masse brune des négligeables.

Soixante et onze, soixante-douze, soixante-treize, l'épicier kurde me salue, comme chaque matin et, comme chaque matin, je désigne du doigt une canette de Red Bull. Il me rend la monnaie en me souhaitant une bonne journée, main sur le cœur comme si le cœur y pouvait quoi que ce soit. Je réponds d'un hochement de la tête pour ne pas perdre mon compte. Quatre-vingt-dix-sept, quatre-vingt-dix-huit.

J'ouvre la canette. Une gorgée. Deux. Il y a sept cent cinquante-trois pas jusqu'aux portillons de Clapham Junction.

Tous les jours, je prends le même chemin que ma mère et nous empruntions, ensemble, jusqu'à l'école. Je me fais croire qu'en les comptant, mes pas s'imbriquent parfaitement dans les siens, qu'à huit ans de distance ils talonnent l'ombre de son dernier trajet comme si elle n'avait que huit secondes d'avance sur moi. Je m'arrête toujours devant la vitrine du barbier turc, au pas quatre cent vingt-deux. Au pied de la devanture, une empreinte s'est prise dans le macadam ; un clebs, sans doute, ou un renard comme on en voit souvent arpenter les ruelles de Londres à la nuit tombée. Il a posé la patte sur une plaque de goudron frais, et signé ainsi le trottoir pour l'éternité. Je voudrais que cette empreinte soit celle de ma mère. J'aurais alors la certitude qu'elle s'est tenue à cet endroit il y a huit ans et que, si le temps nous offrait un répit, son parfum y flotterait encore et je tendrais la main pour la glisser dans la sienne.

Un jour, la direction de la chaîne de supermarchés mit en place deux caisses automatiques dans le magasin où elle travaillait. *Pour tester l'idée auprès de la clientèle*, avait-on rassuré les employées qui s'inquiétaient pour leur avenir. Elles s'excusèrent d'avoir posé la question, réflexe de pauvre, et attendirent, confiantes, le verdict. Le succès fut tel que, trois mois plus tard, on décida de remplacer deux tiers du personnel par des machines coréennes. Ces salauds proposèrent à ma mère un contrat d'intérim dans un charmant quartier verdoyant du nord-ouest de Londres – « à trente minutes à peine de votre lieu de travail actuel » – c'est-à-dire à quatre heures aller-retour de l'Eden. Elle possédait l'orgueil des humbles et n'aurait jamais quémandé le moindre traitement de faveur ni que sa situation reçoive davantage de considération que celle de ses collègues. Elle accepta le poste jusqu'à ce que la clientèle *écranophile* du nouveau magasin opte, elle aussi, pour l'automatisation. Les habituées avaient massivement coché la case « gain de temps » sur le questionnaire qu'on exhiba en guise de justification. L'une d'elles avait même pris soin de commenter qu'elle serait soulagée de ne plus avoir à répondre au bonjour machinal des caissières, sans réfléchir que, bientôt, des machines la traiteraient avec autant d'humanité qu'un sachet de salade, sans s'encombrer du moindre bonjour humain. Et elle ne trouverait rien à redire.

Même quand c'est la dernière des connes, la cliente a toujours raison.

Aux employées, on suggéra une place, presqu'au même taux horaire, encore un peu plus loin géographiquement, ce qui, pour ma mère, aurait représenté près de cinq heures de transport quotidien. Elle déclina l'offre en s'excusant et ne reçut aucune indemnité, comme spécifié dans son contrat d'intérim qui venait de débuter. C'est aussi ce que précisait la lettre qu'elle avait timidement tendue à l'autre. On exigeait cependant qu'elle travaille jusqu'à la fin du mois car les nouvelles machines ne seraient installées qu'après cette date. Forts du succès mondial de leur procédé, les Coréens accusaient un léger retard de livraison. L'autre lut la lettre à voix haute. Il ne devait pas s'inquiéter, elle trouverait autre chose, plus près de l'Eden. Il s'était énervé. « Parce que tu crois qu'on roule sur l'or peut-être ?! »

La direction décida d'affecter ma mère à l'équipe du soir. Pendant les trois dernières semaines de son contrat, elle finit à vingt-deux heures et rentra à l'Eden à minuit passé, éreintée. L'autre était déjà couché. Il ne la touchait plus. Pourtant un soir, j'ignore pourquoi, il la frappa comme jamais auparavant.

Le lendemain matin, j'avais serré sa main un peu plus fort que d'habitude devant l'école, puis avais rebroussé chemin jusqu'à la gare sans qu'elle s'en aperçoive. J'avais neuf ans. Je m'étais faufilé sous les portillons et avais grimpé les escaliers derrière elle. Caché en retrait d'un pilier, j'avais attendu son train dans l'ombre avant de regagner l'école en courant.

Souvent, je lui demandais pourquoi elle travaillait si loin alors qu'un supermarché de la même enseigne, celui de Mister Ferguson, jouxtait l'Eden. « La vie ne fonctionne pas comme ça », répondait-elle avant de se pencher sur moi, de me caresser les cheveux et de chuchoter, « le choix n'existe qu'au-delà des rails ».

4

La gare de Clapham Junction dresse devant moi son orgueil de briques rouges. Du haut de sa colline, les rails en contrebas, elle se donne des airs de forteresse médiévale, la vanité victorienne en plus. C'est le plus gros nœud ferroviaire de Londres. Vingt-quatre voies s'y croisent dans un dédale d'aiguillages, de feux clignotants, de quais, de ponts et desservent en quelques minutes les deux principales gares du centre, Victoria et Waterloo, ainsi que l'aéroport de Gatwick et les principales villes du sud-ouest de l'Angleterre, Brighton, Southampton, Exeter – la côte à moins d'une heure de l'Eden. Je n'ai jamais vu la mer.

Le grouillement, ici, est permanent. L'entrée du haut, celle qu'empruntent les costumes gris et les tailleurs bleu marine, force les voyageurs à grimper la colline jusqu'au grand hall avant de les faire redescendre vers les voies par une série de passerelles et d'escaliers. L'autre accès, celui d'en bas, le nôtre, chemine sous les rails. Il aboutit dans un souterrain humide et mal éclairé d'où germe une série d'escaliers menant aux quais. Celui-ci se remplit de couleurs aux premières et dernières heures du jour : des bleus de travail, des pantalons cargo kaki, orange, des salopettes marron, des vestes fluo, des uniformes rouges, verts ou bleus. Souvent un logo criard, dans le dos, rappelle à qui ils appartiennent. Et puis des blouses, des blouses, des blouses – blanches, roses, bleu ciel, vertes, rayées ou vichy – toutes avec un badge sur la poitrine.

Un matin que je jouais avec son badge dans la cuisine, ma mère me l'avait repris des mains et épinglé sur son uniforme. Elle avait soupiré à voix basse, « à quoi bon de toute façon ? ». Quand je lui avais naïvement demandé pourquoi, du haut de mes six ans, elle m'avait confié que les clientes n'adressaient la parole aux caissières que pour demander un sac supplémentaire ou leur reprocher de quitter leur poste pour aller aux toilettes. Connaître leur nom leur importait peu. Je n'avais pas encore appris à lire et m'étais écrié, « Tant mieux, il n'y a que moi qui ai le droit de t'appeler Maman ! Lauren aussi quand elle saura parler ». Elle avait ri de bon cœur et m'avait embrassé avant d'ajouter, « Promets-moi que, quand tu seras grand, personne ne sera invisible à tes yeux. C'est pire que le mépris. Pire que les coups ».

J'hésite à sauter les portillons comme d'habitude. Tapi dans la pénombre, le contrôleur me fixe, prêt à bondir. Je hausse les épaules et claque ma carte de transport sur le capteur. La gare est toujours un peu vide en milieu de matinée. Encore plus en période de vacances scolaires quand les costards et les tailleurs bleu marine emmènent leur famille au soleil.

Une fille m'effleure de son parfum. Je me retourne. Elle m'a déjà dépassé dans le souterrain. Sa longue jupe flotte sur un brouillard de poussière. Ses cheveux, presque blonds, cascadent en boucles sur ses épaules nues. Elle porte des sandales trop légères pour un mois de mai. J'aperçois ses pieds fins, aux orteils bien détachés, aux petits ongles vernis comme un soir de juillet. Ils avalent calmement chaque marche jusqu'au vaste quai à demi désert.

Voie neuf, une dizaine de voyageurs attend le train pour Waterloo. Je termine mon Red Bull et balance la canette. Une dame s'énerve toute seule car je n'ai pas utilisé la poubelle de recyclage. Elle meurt d'envie de me faire la réflexion mais lâche l'affaire quand je soutiens son regard. On nous a fait un cours sur l'écologie au lycée l'an dernier. Bien sûr que je connais la môme suédoise qui insulte tout ce qui bouge avec sa gueule de fin du monde, c'est juste qu'à l'Eden, on n'est pas nombreux à bouffer bio ou rouler électrique. C'est un truc de riches ça. On recycle, oui si on veut, quand personne n'a foutu le feu aux conteneurs pour se distraire.

La fille longe le quai réservé à l'express de l'aéroport, puis s'arrête brusquement, presque chancelante. Elle se retourne, le visage voilé par l'ombre du grillage anti-pigeons. Un pas sur le côté. La lumière la révèle. Elle a mon âge. Ses yeux clairs ont peu dormi. Elle est jolie, perdue dans sa solitude. Elle doit porter un peu de rouge à lèvres mais c'est discret. Comme elle. Une fille invisible au rouge à lèvres discret. Elle me rappelle ma mère ; des bribes de ma mère. Sa douceur. Sa mélancolie. Sa fragilité. Comme un puzzle, oui, si tu veux, les morceaux du bord. Avec un grand vide au milieu.

Le chuintement de l'express se rapproche et fend l'air à vive allure. Je m'adosse contre un pilier, à l'écart, et laisse la douceur printanière m'envahir. Les haut-parleurs aboient l'ordre de s'éloigner de la bordure du quai. Le crissement métallique des essieux absorbe d'abord le frémissement des arbres, les querelles joyeuses des moineaux puis recouvre de sa plainte le reste des bruits du monde dans une légère odeur de brûlé.

J'avance d'un pas. La fille me considère, surprise, presque inquiète. Elle a compris. Moi aussi. Un autre pas. Avec la fragilité d'une funambule, elle s'approche des voies et défie mon regard. Trop près du bord. Enlisés dans leur indifférence, le nez sur leur téléphone, les autres voyageurs ne remarquent rien. Le souffle sec de l'express fouette les premiers mètres du quai dans un vrombissement qui fait tressaillir mes semelles. Une impression de déjà-vu me happe soudainement.

De nouveau la fille chancelle et se précipite vers le train.

5

Après l'école, une voisine nous récupérait, le temps que ma mère accoure de l'autre bout de Londres pour nous donner le bain et préparer notre dîner. Ma naissance avait bouleversé ses dix-sept ans, bien sûr, mais la tendresse l'emportait toujours sur la fatigue et elle ne manquait jamais de nous couvrir de baisers lorsque la voisine nous restituait. L'autre, lui, rentrait tard de ses chantiers. Parfois sobre.

Un soir, elle n'est pas venue. Lauren avait six ans. Moi, trois de plus. La voisine avait tenté de joindre ma mère plusieurs fois, en vain. L'autre a sonné à la porte, le regard rouge, l'haleine fatiguée d'alcool, une enveloppe décachetée à la main. Il a remercié brusquement la voisine dont les yeux mouraient d'indiscrétion et nous a ramenés chez nous. Il venait de trouver le mot que ma mère avait abandonné dans la cuisine le matin même. Elle nous quittait ; nous, l'autre, l'Eden. Pour un homme et pour un pays : l'Espagne. Il a parcouru les lignes plusieurs fois à voix basse, en répétant qu'il n'avait rien vu venir. Entre ses doigts, un petit objet scintillait dans la lumière tremblante du plafonnier. L'autre n'en détachait pas les yeux. Soudain il s'est mis à chialer, à tousser comme un jour de rhume des foins. Lauren s'est approchée et a bredouillé « atchoum Papa ». Il a levé la tête. Nous existions. Il a chialé de plus belle avant de s'en prendre à Lauren qui réclamait Maman et de me coller une beigne au moment où j'ai voulu la protéger. Il a enfoncé la lettre dans sa poche, abandonné le petit objet devant lui, puis nous a plantés tous les deux dans la cuisine avant de foutre le camp au pub. Je me retenais de pleurer, pour Lauren, pour qu'elle ne se noie pas dans tout ce chagrin, et puis aussi parce que l'autre me répétait depuis toujours que je ne serais jamais un homme si je passais mon temps à chougner comme ça. Je ne l'avais d'ailleurs jamais vu pleurer jusqu'alors. Sur la table, l'alliance de ma mère avait cessé de scintiller.

Souvent je tape son nom sur Internet à la recherche d'une existence virtuelle. Jamais elle ne s'est façonné de vie heureuse sur les réseaux sociaux ici ; elle trouvait à peine le temps d'être triste. Je sais que la traquer ne sert à rien car disparaître est un droit. Je me suis renseigné. N'importe quel adulte est libre de plaquer sa vie pourrie pour en recommencer une autre ailleurs, sans qu'on vienne l'emmerder. Et même si on le retrouve, on n'a pas le droit de prévenir sa famille sans son autorisation. La loi permet aux gens qui le souhaitent de ne plus exister. Elle n'a rien prévu pour leurs gosses. J'espère qu'un jour – à Lauren, je dis même que j'en suis sûr – ma mère partagera son bonheur en ligne. Peut-être qu'elle l'a déjà fait sous un autre nom. Je ne sais pas. Je lui ai inventé de nouveaux enfants avec l'homme qui nous l'a volée. Nous nous ressemblons un peu, eux et nous.

J'ai acheté un ordinateur en même temps que ma console de jeux dans une boutique d'occase. De recel en réalité. Je le partage avec Lauren, le temps de gagner assez pour lui en offrir un à elle. En fond d'écran, j'ai choisi un paysage de Benidorm. L'autre ressasse que notre mère s'est installée là-bas, avec son maquereau comme il l'appelle. Elle a dû le mentionner dans sa lettre. Je ne sais pas, je ne l'ai jamais lue. Il l'a brûlée, avec toutes les photos d'elle.

Les tours en Espagne sont beaucoup plus belles que l'Eden. Elles rappellent les couleurs du coucher de soleil et oscillent dans une chaleur permanente, le long d'une grande plage toute jaune avec ma mère et sa nouvelle vie, sûrement, en bikini quelque part dessus. Le reste nous l'avons inventé, Lauren et moi. Enfin, surtout moi au début parce que Lauren était trop petite. Ma solitude mémorisait les noms et les images sur la carte d'Espagne que je gardais sous mon oreiller. Le soir, je les racontais à ma sœur pour la voir sourire. Avant de nous coucher, nous guettions les avions par la fenêtre, persuadés que l'un d'entre eux nous la ramènerait, qu'elle pousserait la porte de l'appartement pour venir nous chercher. Elle constaterait qu'ici, rien n'a changé.

Rien. Sauf moi.

Je rattrape la fille par la bandoulière de son sac et tire brusquement. Elle virevolte sur elle-même puis s'affaisse, hébétée. Je ne me sens pas bien, comme une envie de vomir. Je bande tout à coup. La théorie de Pav n'est peut-être pas si conne que ça. Même si ce n'est pas moi qui ai failli y passer, j'ai eu une sacrée trouille. Tout est allé si vite. Sur le quai, personne n'a bronché. Les yeux quittent rarement les écrans dans les gares de banlieue. La fille reste à terre un moment, relève la tête, se redresse puis époussette les égratignures sur ses jambes. L'express n'est déjà plus qu'un point sur l'horizon. Elle se tient interdite à quelques centimètres de moi, bouche entrouverte, et me fixe en silence. Son visage semble hésiter entre surprise et panique. Elle tire sur la bandoulière, mais je ne lâche pas, alors elle dégage son bras d'un geste vif. Elle est tout ébouriffée, fragile, belle, forte. Quand je m'approche pour voir si elle va bien, elle me repousse violemment et manque de me faire glisser. « Eh, oh ! Ça va pas ? » Tout à coup, ses yeux s'enflamment comme si la foudre venait de frapper. Je n'ai pas le temps de réagir. Elle s'est déjà enfuie en courant vers la sortie. L'empreinte tiède de sa main me picote encore la poitrine.

J'interroge du regard le sac qui pend au bout de mon bras. Il n'a rien de spécial : cuir noir, bandoulière noire, fermeture dorée ternie. Je ne sais pas quoi faire. Le train suivant entre déjà en gare et réveille les passagers sur le quai. Plusieurs m'observent soudain bizarrement ; ils s'imaginent sans doute que je viens de chourer ce sac. J'ai le profil, dans leur esprit ; ma dégaine, mes fringues, ma solitude les agressent. Je le planque sous mon sweat puis descends l'escalier vers le tunnel qui court sous les rails, sans presser la cadence. Surtout ne pas se faire remarquer. Je n'ai aucune envie que les vigiles me prennent eux aussi pour un pickpocket. Une dizaine de trains vient d'entrer en gare et déverse son lot de voyageurs blasés. Le couloir s'encombre tout à coup d'une armée de zombies. Le nez sur leur smartphone, ils avancent mécaniquement vers leur matin. Je lutte pour échapper au mien.

Le contrôleur se tient toujours près de la sortie. Il adopte un air sceptique quand je repasse en sens inverse. Le type qui distribue inlassablement des journaux gratuits devant les portillons m'en tend un sans conviction. Il me rend le sourire que j'ai dû lui lancer machinalement. Je me retourne une dernière fois sur le souvenir flou qui m'assaille. Pourquoi s'est-elle enfuie ? Je quitte la gare, bras crispé le long du corps. Surtout ne pas laisser s'échapper le sac.

Je balance le journal à la poubelle.

6

Une semaine après le départ de ma mère, notre grand-mère s'est installée chez nous, « juste le temps que votre maman revienne », et surtout pour permettre à l'autre de reprendre sa vie de chantier, après des mois de chômage.

Ma mère avait grandi sans père à Newcastle. Elle avait été conçue sous un abribus à une époque où les codes de la virilité permettaient d'abuser des femmes puis de s'en glorifier auprès des copains devant une bière en toute impunité. Seize ans plus tard, elle avait caché sa propre grossesse à celle qui lui serinait depuis l'enfance de se méfier des hommes. Ma grand-mère connaissait l'autre et le trouvait plutôt gentil, pour un Écossais. Elle avait vite décelé, dans les regards fuyants de sa propre fille, la honte millénaire des grossesses inopinées. Comme elle répétait souvent, en tirant sur sa Philip Morris, « l'intuition féminine, c'est détecter la souffrance du monde ». Elle réunit les tourtereaux pour parler d'adolescence, d'avenir, d'avortement et sans doute un peu d'amour aussi. Mes parents avaient décidé de me garder, de se marier et de tenter leur chance à Londres où le travail ne manquerait pas pour un ouvrier en bâtiment. Le secteur était en plein essor. Au bout de trois ans, ils avaient mis assez d'argent de côté pour s'offrir une minuscule maison dans une de ces arrière-banlieues oubliées des transports en commun, mais dont la proximité relative de Londres fait enfler le prix au mètre carré d'année en année. Lauren naquit peu de temps après. Le bonheur n'allait plus tarder.

Quatre ans après la naissance de ma sœur, la principale banque de Newcastle auprès de laquelle, par fidélité régionale, mes parents avaient souscrit leur emprunt immobilier, s'effondra. La crise frappa de plein fouet l'industrie du bâtiment. Elle eut raison de l'emploi de l'autre et l'alcool, de sa fierté. Très vite le salaire de caissière de ma mère ne parvint plus à couvrir seul les traites de la maison qui perdit trente pour cent de sa valeur en quelques jours, avant d'être saisie. La banque la vendit une misère, ce qui ne suffit pas à rembourser l'emprunt et plongea notre famille dans une dette supérieure au patrimoine qui venait de se volatiliser. Mes parents se retrouvèrent sans toit, sans bien, sans argent et débiteurs envers une banque qui avait financé, puis détruit, leur rêve tout en les condamnant à le rembourser pour le reste de leur vie. L'autre ressasse tous ces détails chaque fois que l'alcool fait jaillir les reproches. « Jamais on aurait acheté c'te maison si ta naissance n'avait pas tout foutu en l'air ! » Après plusieurs mois d'angoisse et de supplications, ma mère obtint des services sociaux qu'on nous octroie enfin un logement à loyer modéré : l'Eden.

Ma grand-mère avait beau se poser la question, elle ne comprenait pas comment sa fille avait pu abandonner « deux p'tits gosses », tout quitter, comme ça, sur un coup de tête, pour un homme et un pays, selon elle « beaucoup trop chaud et beaucoup trop étranger » – sans jamais préciser à qui, du pays ou de l'homme, elle attribuait ces qualificatifs.

L'autre, lui, décrétait régulièrement que tout était ma faute, que si ma mère s'était fait avorter plutôt que de me garder, leurs vies auraient pris un autre tournant et elle serait encore là. Ma grand-mère n'a jamais su la manière dont l'autre traitait sa fille depuis que la mondialisation avait hypothéqué leur existence. Elle ne s'était jamais confiée à elle ; la honte sans doute ou l'illusion que la vie redeviendrait un jour comme avant. Moi non plus, jamais je n'ai évoqué les coups, les cris et les cauchemars des crépuscules de mon enfance ; la honte se nourrit de ricochets. Je craignais surtout que l'autre ne s'en prenne à cette nouvelle mère qui nous choyait sans compter.

Contrairement à ce que notre grand-mère avait promis, personne ne rentra au bercail. Pendant plusieurs semaines elle coucha sur le canapé du salon avant d'emménager dans notre chambre d'enfants. Lauren était ravie de cette promiscuité.

Moi aussi, mais pour des raisons différentes : sa protection me rassurait. L'autre se tenait à l'écart.

Elle avait décidé de sous-louer son HLM de Newcastle sous le manteau afin de ne pas perdre ses allocations logement ni que les services sociaux le mettent à disposition d'une autre famille. Le loyer qu'elle en tirait servait uniquement à nous gâter et à contribuer au foyer – l'autre exigeait qu'elle participe aux factures en plus de s'occuper de nous. Cigarette au bec, elle se persuadait régulièrement que nous élever ne lui faisait pas peur. Elle n'avait que quarante-neuf ans après tout et possédait la robustesse légendaire des *Geordies,* ces habitants de Newcastle qui, pendant des siècles, fournirent une excellente chair à canon au Royaume. Parfois elle s'engueulait avec l'autre et la tendresse que nous associions à son accent du Nord reprenait alors les rudes intonations des quartiers ouvriers condamnés au néant par le Thatchérisme.

Elle parvint à colmater d'amour les fissures de l'abandon en nous racontant, dès que l'occasion se présentait, l'enfance de cette mère qui avait brisé la nôtre. Elle se faisait un devoir d'entretenir l'espoir, convaincue que celui-ci faciliterait le pardon, le moment venu, lorsque sa fille réapparaîtrait enfin. J'en voulais à ma mère et me demandais comment je réagirais si elle surgissait de nouveau dans nos vies. Je lui en veux toujours, mais Lauren l'idéalise, alors je la maudis pour deux, en silence, en mettant de côté ma rancœur, afin de ne pas abîmer les illusions de petite fille de ma petite sœur.

Malheureusement la toux, qui avait accompagné l'existence de ma grand-mère depuis sa première cigarette, emporta en peu de temps la douceur rauque de sa voix et, avec elle, tout le passé qu'elle n'avait pas encore eu le temps de nous raconter. Cancer de la gorge. Elle ne revint pas de l'hôpital. Nous étions orphelins pour la seconde fois. J'avais tout juste treize ans et Lauren dix. Les responsabilités suivirent dans le sillage de son cercueil : incapable de s'occuper de nous, l'autre renoua avec la rancœur et l'alcool. Parfois, il déchaînait sa violence contre moi, comme s'il l'avait étouffée pendant quatre ans au pied du rempart de ma grand-mère. Il se déchargea rapidement sur moi des tâches quotidiennes dont je m'acquittai pour que Lauren ne manque de rien.

Désormais, je veillerais seul sur ma sœur.

7

Quelque chose me retient de jeter le sac de la fille en même temps que le journal gratuit à la poubelle. Je la revois, debout, au milieu du quai. Les détails font lentement surface : la blondeur de ses sourcils, celle des boucles qui encadraient son front. Quand le printemps a éclairé son visage, il a délicatement déshabillé les ombres qui le camouflaient. D'abord ses yeux, son nez, ses lèvres, son cou puis l'arrondi de ses épaules qui glissait vers une poitrine à peine dissimulée sous le tissu de sa robe. Ce n'est pas uniquement la peur qui m'a fait bander ; c'est sa beauté sauvage. Lorsqu'elle s'est relevée, les cheveux ébouriffés par le souffle de l'express, son regard vert a harponné le mien. Mon cœur en palpite encore.

Je demeure bras ballants devant Clapham Junction sans

savoir quoi faire. Partir à sa recherche ? J'ignore dans quelle rue elle s'est engouffrée. Retourner à la gare, sauter dans le premier train pour Waterloo et rejoindre Ben et Pav à Banksy Tunnel ? L'idée de me trouver à nouveau sur le quai me rend malade. Ce sac, que je serre contre moi, a réveillé un écho. Je rebrousse chemin en direction de l'arrêt de bus en face de l'Eden. Lorsque je dépasse l'empreinte de renard dans le bitume, celle-ci me nargue et me propulse huit ans en arrière. Les femmes, comme le temps, s'échappent parfois pour exister. À travers sa vitrine, le barbier turc me salue de nouveau. Il m'a déjà oublié. Moi qui croyais qu'il me reconnaissait chaque matin ! Je me rends compte qu'il réserve le même accueil à tous ceux qui s'attardent devant sa porte, dans l'espoir de les attirer à l'intérieur. Je ne suis qu'une tignasse parmi les autres.

Le soixante-dix-sept lacère les branches basses d'un platane sur son passage. Je cours jusqu'à l'arrêt et manque de laisser échapper le sac au moment de grimper dans le bus. Je m'assieds à l'étage. De là-haut, on ne voit pas les voitures. Pas les piétons non plus. Les immeubles perdent leurs rez-de-chaussée et semblent en lévitation. Leurs habitants s'animent dans des tableaux vivants encadrés par les fenêtres. Certains traînent en jogging, d'autres sirotent un café, accoudés au balcon, ou crament leur solitude dans une cigarette. Beaucoup sont rivés sur leur ordinateur et engraissent au rythme du télétravail. J'aperçois un couple. Ils se câlinent et s'embrassent sans prêter attention à l'autobus qui ralentit sous leurs vitres. Ils s'enlacent, se caressent et se murmurent des petits mots en riant. Le temps d'un feu rouge, j'entrevois ce qu'aimer veut dire.

Le bus redémarre. Il longe la Tamise jusqu'à la nouvelle ambassade des États-Unis. On est loin du Brutalisme classé de l'Eden. Ici, de somptueux immeubles en verre et en acier taquinent les nuages de leur vanité, sans prêter attention aux pauvres qui s'entassent dans leurs étages inférieurs. Un jour que je lui décrivais l'Eden, Claire avait été scandalisée que ce genre de ghetto existe encore à notre époque. « Et ce n'est pas près de changer ! » Elle m'avait expliqué que chaque nouvel immeuble, même le plus luxueux, doit, selon la loi britannique, assurer la mixité sociale et contenir des logements à loyer modéré. Les promoteurs contournent cette exigence en construisant des clapiers à pauvres sous les duplex pour millionnaires des étages supérieurs. Les deux mondes ne se croisent jamais grâce à un système ingénieux d'accès séparés : les halls d'entrée somptueux, côté rue, mènent à des ascenseurs qui desservent uniquement les étages les plus élevés tandis que, dissimulée derrière l'immeuble, la *poor door* conduit aux étages inférieurs. « La spéculation s'appuie toujours sur la ségrégation », avait conclu Claire ce jour-là.

Au bout de trois quarts d'heure, le bus arrive enfin à Waterloo. Je suis en retard. Je n'ai pas osé sortir le sac de sous mon sweat avant d'être pratiquement seul à l'étage. J'ai soulevé le rabat en cuir, jeté un coup d'œil à l'intérieur puis l'ai refermé presque aussitôt en apercevant une boîte de tampons. J'étais gêné, comme si cette fille m'avait confié son bien le plus intime et que je la trahissais.

Je passe par le souterrain qui contourne l'énorme rond-point de l'Imax, puis prends à droite dans le dernier tunnel. Le terrain vague qui bordait jusqu'alors la Tamise du pont de Westminster au Shell Centre s'est métamorphosé en mini-Manhattan. On a équipé d'un nouvel éclairage l'ancien dédale immonde de galeries qui trouait le sous-sol. On l'a assaini, dératisé et débarrassé de ses clochards. La semaine, des cadres en doudoune italienne dévalent les pentes sur leurs trottinettes électriques et le week-end, les skateurs slaloment inlassablement au milieu de touristes effarés à la recherche du London Eye. Je rejoins Banksy Tunnel en longeant les voies ferrées qui l'enjambent.

Une foule de tagueurs est à sa tâche dans le passage, comme toujours le samedi. Ils sont tous devenus potes à force de passer leurs week-ends ici. J'aperçois Ben au loin et Pav, adossé à un mur. Plusieurs artistes ont momentanément abandonné leurs aérosols sur le trottoir et félicitent Ben et sa copine, une grande rousse en débardeur, jean déchiré et blouson d'aviateur couverts de traces de peinture. Je ne me rappelle jamais son prénom, Cassandra, Camilla, Christina, un nom de duchesse ou d'actrice porno. Elle recule de quelques pas pour apprécier la fresque dans son ensemble, yeux plissés, mains sur les hanches. Ben se tient en retrait et reçoit avec modestie les éloges de ses confrères.

Tout est en longueur chez lui : les mains, les bras, le cou, le menton, le nez. Il est très grand, très maigre aussi. Vertical. Sa bouche en biais et ses yeux noirs en amande confèrent un peu d'horizontalité à l'ensemble. Été comme hiver, il arbore un bonnet en laine dont les couleurs alternent et qui lui mange la moitié du front. Il ne sait jamais se dépêtrer des compliments. Il sourit sans prononcer un mot. Plusieurs de ses admirateurs ont déjà immortalisé l'œuvre sur leur téléphone. Un petit groupe de touristes asiatiques, agglutinés derrière un parapluie brandi comme la flamme de la Liberté, s'approche timidement. Le parapluie gigote et marmonne quelque chose au groupe. Ce dernier s'anime soudain dans un tsunami de borborygmes épatés, puis se tourne vers Ben en mimant le geste du photographe. Ben acquiesce avec cette gentillesse désarmante qui cimente notre amitié depuis l'enfance. L'une des touristes jubile de toutes ses dents. Elle bondit et applaudit de manière contagieuse, immédiatement suivie dans son euphorie par le reste du troupeau qui se précipite pour entourer Ben en sautillant. L'œuvre disparaît instantanément derrière eux. Pav s'écarte discrètement. Tout le monde tire sur la perche à selfie à tour de rôle mais aucun bras n'est assez long pour que l'ensemble des protagonistes tienne dans le cadre. On somme la copine de Ben de rejoindre ce souvenir de Londres dont les réseaux sociaux seront bientôt inondés. Les deux artistes dépassent le reste de la troupe d'au moins une tête et demie. Le parapluie se met à gesticuler pour attirer l'attention de Pav qui venait à ma rencontre. Il rebrousse chemin. On lui colle un téléphone entre les mains sans autre explication. On se positionne à une distance suffisante du mur pour éviter que la fresque fraîche ne finisse en négatif sur les vêtements. On mime le V de la Victoire avec l'index et le majeur que l'on se colle contre la joue puis on sourit comme pour vanter un dentifrice : la famille Benetton – un Somalien, une rousse et leurs huit enfants asiatiques – piégée dans une publicité Colgate. Clic !

La photo se disperse aussi vite qu'elle s'est constituée et dévoile enfin l'ensemble du tableau : deux squelettes, l'un jaune et l'autre rose fluo, la main posée sur la nuque et les hanches de l'autre, s'embrassent dans une tendre étreinte. Derrière eux, des gratte-ciel brutalistes s'écroulent dans la déflagration d'un champignon atomique. Le talent de Ben me fascine depuis l'enfance. Son amie aussi est très douée. Elle a insisté pour me montrer son book la première fois que Ben nous l'a présentée.

— C'est canon !

— Tu reconnais l'Eden ? C'est une idée de Cosima, me confie Ben.

— J'adore tellement l'architecture de votre immeuble ! Magnifique, gigantesque, sublime, ajoute Cosima – *je savais bien qu'elle avait un nom de duchesse*. Vous m'auriez vue quand je prenais des photos de repérage, je me suis pratiquement allongée sur le trottoir pour cadrer tellement c'est grand ! Une nuée de gosses a surgi de nulle part. Ils se sont plantés devant moi. J'avais beau leur faire signe de dégager, ils voulaient tous être sur la photo. C'était trop chou !

Ben rit bêtement. Trop chou ? Il y a encore quelques mois, il aurait méprisé cet enthousiasme de fille à papa *made in* Chelsea ou Notting Hill. Les plus fervents admirateurs de l'Eden n'en ont jamais poussé le portail. Cosima ne fait pas exception. Elle pose la main sur le poignet de Ben et lui explique gentiment qu'elle rangera le matos en vitesse car elle doit rentrer prendre une douche avant de rejoindre ses parents à Kensington. « Quel ennui... », précise-t-elle dans un bâillement ironique qui se veut complice. Elle est la seule à croire que nos mondes convergeront un jour ailleurs que dans un tunnel.

— Qu'est-ce tu fabriquais, mec ? Ça fait une heure qu'on t'attend ! m'invective Pav.

Je le fusille avec mon œil de faut-pas-trop-me-poser-de-questions-aujourd'hui. Il lâche l'affaire. *Check* du poing. *Check* du poing à Ben aussi qui allume une cigarette et me la tend.

— Merci mec !

— Non mais, sans rire, qu'est-ce tu foutais ? renchérit Pav.

— J'ai un problème !

Je sors le sac à main de sous mon sweat.

— Wow ! T'as tiré un sac à une grand-mère ?

— T'es con, j'ai rien tiré du tout ! Je l'ai trouvé !

Ben dédaigne le sac et nous abandonne pour aider Cosima à ranger. Il n'aime pas qu'on vole, même si pendant des années, il n'a pas eu ce genre d'état d'âme quand il s'agissait de partager les pots de crème glacée que nous chourions au supermarché. On avait dix ans, onze à tout casser. C'était avant de bosser pour Mister Ferguson. Après ça, on a eu des scrupules à chaparder en plus de recevoir un salaire et d'endommager du stock pour qu'il nous le refile gratis. Je faisais le guet quand la cloche de Corpus Christi retentissait et que les écoliers en uniforme vert et rouge, cravates bien nouées et chaussettes remontées jusqu'aux genoux, se ruaient sur les rayons. Pav fourrait un pot rapidos sous son bonnet. Ça lui gelait la tête mais il prétend que, comme il est polonais – il s'appelle Pawel – il est immunisé contre le froid. Il dit beaucoup de conneries de ce genre. Avec sa gueule d'ange, il passait pour un gamin sans histoires et n'éveillait pas le moindre soupçon chez l'agent de sécurité. Le mec n'intervenait jamais ; les riches, ça ne vole pas. Sauf les cleptomanes mais on leur a inventé une maladie pour qu'ils ne finissent pas en tôle.

Pav a failli y aller. En tôle. À cause de ses fréquentations qu'il ferait bien de surveiller, comme avait dit la police à son vieux ce jour-là. Il crânait régulièrement avec des Nike toutes neuves aux pieds et des sweats Adidas dont l'étiquette pendait encore du cou. Quand la police s'en est mêlée, son père lui a filé une rouste et lui a fait jurer de couper les ponts avec la bande qui dévalisait régulièrement les boutiques de *Saint John's Road*. Pawel répète qu'il s'est rangé, mais je sais qu'il est toujours en contact avec certains mecs louches. Et ceux-ci ne se contentent plus seulement de piquer des fringues. Ils tiennent le réseau de coke de tous les lycées et collèges du quartier et des alentours. Ben et moi l'avons mis en garde : si Pav colle le doigt dans ce genre d'engrenage, même en frottant fort, il gardera à jamais des traces de cambouis sous les ongles. Il est persuadé qu'il se tirera toujours des mauvais pas grâce à sa belle gueule. Ben ne choure plus depuis longtemps à cause de la religion, et puis aussi parce que les vigiles ont tendance à garder à l'œil les Noirs qui mettent un pied dans leur magasin. Surtout quand ils portent un bonnet. Moi aussi, j'ai laissé tomber la choure. Je ne veux pas qu'il m'arrive un truc et que Lauren se retrouve toute seule avec l'autre.

À vrai dire, Ben et moi sommes un peu la crème de l'Eden ; on ne deale pas, on ne rackette pas les petits, on ne se balade pas avec un couteau ou un marteau dans la manche, on ne fume même pas de beuh. Enfin pas souvent. Ben ne bosse plus au supermarché. Il a arrêté en même temps que moi, il y a près de trois ans, et donne maintenant des cours de dessin à des gamines friquées qui ont des velléités d'école d'art. Leurs mères ont d'abord hésité à le laisser entrer chez elles mais, d'après Ben, ça les pose auprès de leurs copines. Elles s'encanaillent devant un cappuccino en exhibant des photos des tableaux de Ben. Quant à Pawel, depuis cette histoire avec la police, son père le traîne sur les chantiers le samedi et pendant les vacances, pour lui apprendre à vivre. Il a beau être le fils du patron, il porte des matériaux toute la journée comme n'importe quel autre ouvrier. Une fois par mois son père l'autorise à sortir avec nous. Et ça tombe aujourd'hui. Ces jours-là, Pav s'habille comme s'il vivait de l'autre côté des voies ferrées : pantalon serré et polo ajusté pour donner le change aux filles, mais son accent pue toujours le ghetto. On se fout de sa gueule parce que les traces d'enduit lui maculent toujours les cheveux à un endroit ou l'autre, même après deux shampooings.

— J'ai pas volé de sac, Ben ! Je suis pas un voleur !
— Tu l'as ouvert au moins ? demande Pav.

— J'ai regardé, mais j'ai pas fouillé.

— Et alors ? Y'a quoi ? Combien ?

Pav ne comprend jamais rien à rien. Je ne veux pas leur raconter ce qui s'est passé sur le quai. Pas avant d'avoir retrouvé la fille. Pav me poserait trop de questions – « et alors, elle est bonne ? » – et je n'ai pas envie de la lui décrire. Depuis tout à l'heure je ne pense qu'à elle et ça non plus, il ne le comprendrait pas. Il passe sa vie sur les sites pornos et Tinder depuis qu'il a treize ans. Au début il s'est créé un faux compte, pour reluquer des meufs. Il utilisait des photos de son frère, Viktor, qui a six ans de plus que lui pour chauffer les filles. Elles finissaient souvent par lui balancer des *nudes* contre une *dick pic* qu'il avait récupérée sur un site porno – un selfie d'elles à poil contre une photo de sa bite en somme. Elles ne se doutaient pas qu'un ado boutonneux se paluchait de l'autre côté de l'écran. Un jour, son frère a essayé de choper la même fille au même moment sur Tinder et elle lui a demandé pourquoi il utilisait deux comptes différents pour réclamer une photo de sa chatte. Pav avait eu beau bafouiller à Viktor que c'était flatteur, que de toute façon dans quelques années on les prendrait pour des jumeaux, il s'était ramassé une raclée mémorable. Son frère l'avait ensuite forcé à effacer l'application devant lui. Le lendemain, Pawel crânait de nouveau avec, cette fois, un compte rempli de photos d'un cousin de Pologne. C'était moins risqué.

— J'ai trouvé ce putain de sac sur un quai à Clapham Junction, Pawel. Je l'ai ramassé et maintenant je veux le rendre à sa propriétaire.

Pav éclate de rire.

— Depuis quand on rapporte un sac ? T'es ouf, mec, tu vas te faire gauler par les poulets. Et ton vieux va te foutre dehors.

— Dehors, j'y suis déjà à moitié.

— Ouais, mais ta sœur ? Si tu la revois plus, tu seras malheureux.

Ben et Cosima terminent de ranger leur spot tout en prodiguant des conseils à d'autres artistes qui ne cessent de les féliciter. Pav interpelle Ben.

— Il veut retrouver la fille du sac. Dis-lui toi qu'il est cinglé !

— Tu l'as ramassé, c'est ça ? demande Ben en abandonnant Cosima un instant. Et ramasser, c'est pas voler peut-être ? Vous me faites rire les mecs. Vous avez aucune éthique.

— Éthique ? C'est quoi ce mot ? T'as fait un stage chez Claire toi aussi ou quoi ? rigole Pav.

Ben lui lance un regard affligé. Ils n'ont jamais rencontré Claire. Au début, je leur racontais nos séances, les mots compliqués dont elle épiçait sans arrêt la conversation. J'imitais son accent bourge en détachant les syllabes à outrance. Ça nous faisait marrer. Et puis j'ai arrêté. Je me suis rendu compte qu'à force de la côtoyer, le langage de Claire s'est immiscé naturellement dans le mien. Ben aussi parle un peu différemment depuis qu'il connaît Cosima. Pav nous charrie tous les deux sans arrêt. Les négations, le passé simple, depuis trois ans j'ai appris à les manier. Bien sûr, il y aura toujours des salauds de mauvaise foi pour clamer que, lorsqu'on vient d'où je viens et qu'on a l'âge que j'ai, on n'écrit pas comme j'écris. Secrètement ça les rassure, cependant. La jeunesse fait moins peur quand elle respecte la grammaire. Pas la mienne. La mienne, celle en capuche, pantalon de survêt et Air Max, inquiète. Je les vois bien baisser la tête ou changer de trottoir quand ils me croisent dans la rue. Dans leur esprit, je coche toutes les cases de la violence. Ils ont raison. Si Claire ne m'avait pas tendu des mots pour l'exprimer, il y a longtemps que ma colère aurait atterri dans une vitrine.

— J'ai pas volé ce sac. Il était par terre et la fille s'était barrée.

— Bon, on l'ouvre ?

Pav m'arrache le sac des mains et lui fait faire plusieurs rotations au-dessus de sa tête. J'essaie de le rattraper, sans succès. « Tu fais chier, Pawel ! » Il se pose enfin sur le rebord du trottoir. Je crache ma clope et m'assieds à côté de lui. Ben reste debout derrière nous et fait signe à Cosima qu'il arrive tout de suite. Aucun passant ne se demande ce que foutent trois garçons de dix-sept ans avec un sac à main. Même la patrouille de flics, qui passe à heures régulières dans le tunnel, laisse tomber quand elle aperçoit Pav, sa mèche bien propre et son polo de rugby avec la rose d'Angleterre dans le dos. S'ils savaient... Une fois qu'ils sont loin, Pawel attrape un pochoir rigide qu'un tagueur a oublié là, le retourne et le cale bien sur ses genoux pour en faire une tablette. Il soulève ensuite le rabat en cuir du sac, puis fait glisser délicatement la fermeture éclair pour en déverser le contenu. Un flacon de vernis à ongles d'abord. Je revois les orteils de la fille, vert acidulé. Son air flou me revient aussi, comme une claque. J'aurais dû lui parler, lui sourire. Pav attrape ensuite un tube de rouge à lèvres. Rosée du matin, la couleur. C'est vrai que ses lèvres avaient la couleur de l'aurore. Un paquet de mouchoirs en papier, un autre de tampons (il ricane), sa carte de transport, un roman de Tolstoï, un petit carnet avec un crayon pris dans un élastique, son téléphone, resté au fond du sac et, juste en dessous, son porte-monnaie. Je l'ouvre.

— Y'a combien ?

— Rien, quinze livres.

— C'est toujours ça de pris, rigole Pav en s'emparant des billets.

— Remets ça tout de suite, s'énerve Ben.

— C'est vrai, Pav, qu'est-ce t'en as à foutre de quinze balles ?

— Oh ça va les mecs, je déconne, répond-il.

Il me rend son butin.

— Ça dit quoi sur la carte de crédit ? continue Ben.

— Barclays.

— Non ! Le nom dessus, c'est quoi ? coupe Ben.

— Eva Czerwinski.

— Czerwinski ? T'es sûr ? demande Pav.

— Tu la connais ?

— C'est une Polack, comme moi !

— Comme si ça faisait une différence...

— Attends, y'a autre chose au fond. Ses clefs !

Ben secoue la tête avec consternation.

— Vous allez faire quoi maintenant les mecs, débarquer chez elle la bouche en cœur ?

— Bah ouais, ça me paraît logique ! Elle doit chercher son sac et ses clefs partout. Si ça se trouve elle attend devant sa porte que le prince charmant débarque, s'esclaffe Pav.

L'adresse d'Eva ne figure nulle part, ni dans le sac, ni dans le carnet.

— Tu notes ton adresse toi ? lance Pav avec sarcasme, eh bien mademoiselle Czerwinski non plus. En même temps, avec les femmes, on ne sait jamais...

— Ça veut dire quoi ?

— C'est pas ma faute si elles savent pas ce qu'elles veulent. T'es gentil avec elles, elles te méprisent, tu changes de tactique, elles crient au harcèlement.

— Remarque, avec ta gueule, on comprend qu'elles se sentent en danger...

Pav me lance un regard noir. Il a ce côté mec propre sur lui avec ses yeux bleus, sa peau parfaite, ses dents ultra-blanches, sa mâchoire bien carrée et ses cheveux blonds qui ondulent. Quand il sourit, son sourcil droit part en accent circonflexe. Ça fait mauvais garçon, les filles en raffolent. Et comme il est gaulé comme un joueur de rugby, il n'y en a pas beaucoup qui se sentent harcelées quand il les drague. Il sait qu'il est beau gosse.

Cosima nous interrompt et tend un sac à dos à Ben, ravie. Elle lui annonce qu'un ami journaliste de sa mère viendra prendre des photos tout à l'heure pour l'édition week-end du Guardian. Il a adoré celles qu'elle lui a déjà envoyées. Il contactera Ben pour le rencontrer plus tard. Elle recule de quelques pas et admire leur fresque, main sur la hanche – « c'est magnifique ! » Ben a du sourire plein les yeux. Ce n'est pas de la modestie. Il est clairement amoureux.

Moi, je n'ai pas trop d'avis sur les filles. J'ai grandi avec l'autre qui ressasse que toutes les femmes sont des salopes et qu'il espère que Lauren tournera mieux que sa mère. Pendant des années, il n'a ramené personne à l'Eden. Pourtant il aurait pu, il n'a que trente-sept ans, un corps de boxeur et des tatouages qui mettent en valeur ses biceps. Depuis quelques mois, je croise une fille, de temps en temps, dans le couloir le dimanche matin. Rarement la même. On s'observe en silence. Si elles me saluent, je les salue. Notre faible écart d'âge les gêne souvent ; quatre ou cinq ans. Il y en a peu qui reviennent. Elles doivent se demander où elles ont échoué une fois le portail de l'Eden franchi. Souvent elles sont trop torchées pour rebrousser chemin. Après qu'ils ont tiré leur coup, le lendemain en général, elles reçoivent le quotidien de l'autre en pleine gueule, la vie qui les attendrait si elles se maquaient avec lui : des week-ends avachis devant la télé, en survêt plein de taches, bière à la main pour éviter la gueule de bois, puis l'académie de billard à quatorze heures pétantes le dimanche pour picoler jusqu'au soir avant de recommencer le lundi. Récemment il a acheté une de ces eaux de Cologne qui pue le pas-cher. Ça ne suffit pas à les retenir.

— Et comment on va trouver son adresse ? interroge Ben, on va quand même pas appeler sa banque !

Pav suggère de commencer par les réseaux sociaux. Czerwinski n'est pas un nom courant à Londres. Il dégaine son Samsung et se logue sur Instagram. Ben n'aime pas trop les réseaux sociaux. Cosima sait qu'il a du génie et poste leurs œuvres partout en ligne ; c'est le moyen le plus rapide de se faire connaître. Du reste, elle a décroché cette interview avec le Guardian parce que le pote de sa mère la suit sur Instagram. Moi, je ne trouve pas que ma vie vaille le coup d'être partagée, en ligne ou ailleurs. Pawel prend tout en photo. C'est le roi du selfie. Il passe son temps à jouer avec les filtres, les couleurs, à se blanchir les dents, gommer le moindre bouton et fantasmer sur sa propre image.

Quand je lui décris cette obsession de Pav pour les selfies, Claire me répond que c'est paradoxal de précipiter la vie en la figeant par petits bouts sur un écran. Comment ça ? « Les grands moments de bonheur, les vrais, naissent rarement dans la solitude mais au milieu des autres. Ils demandent de la patience et embellissent avec le temps dans notre mémoire, pas dans celle d'un smartphone assemblé en Asie. »

J'avais songé aux souvenirs, perdus pour toujours, dans celui de ma mère. Ces rares moments de joie étaient-ils moins grands, moins vrais simplement parce que nous les avions capturés dans un téléphone ? Ils existaient, même si nous ne les regardions jamais. Auraient-ils eu davantage de valeur si nous avions consciemment pris le temps de les graver dans nos mémoires au moment où nous les vivions ? Peut-être. Malgré tout, je donnerais tout pour une seule photo de mon enfance. Lauren n'a rien conservé de la sienne. Elle était trop jeune quand ma mère est partie et du peu qu'elle se rappelle, elle s'est forgé un trésor. Claire a raison, le temps embellit les souvenirs ; les souvenirs heureux en tout cas. Mais quand il n'en reste presque aucun et qu'aucune photo n'est là pour nous les rappeler, à quoi se raccroche-t-on ? Aux souvenirs malheureux, ceux-là mêmes qu'on crève d'essayer d'oublier ? Personne ne photographie le malheur après tout, ou alors celui des autres. Il n'y a qu'à voir les touristes qui nous mitraillent devant l'Eden.

Inlassablement la nuit, les yeux rivés sur les fissures du plafond, je fouille ma mémoire à la recherche du temps d'avant. Avant l'Eden. Parfois il surgit, trouble, dans les brumes de ma petite enfance. Ma mère y figure en bonne place bien sûr, mais c'est surtout l'autre que j'aperçois au milieu de mes jeux, de mes rires, de mes désirs et de mes envies. Au centre de mes joies de petit garçon. Et même si rien ne subsiste de ce minuscule paradis perdu, je me cramponne au mirage flou d'une journée ensoleillée où je dominais le parc, assis sur ses épaules. Ses mains puissantes entouraient mes chevilles pour me garder stable. Son sourire carnassier hébergeait encore un monde de promesses. Bras déployés, mollets calés sur son torse vigoureux, je me sentais libre comme l'oiseau, prêt à m'envoler.

Je n'ai pas osé avouer à Claire que je n'avais jamais feuilleté un bouquin avant de la rencontrer. Elle n'est pas dupe, évidemment. J'ai ramé longtemps au début et j'accrochais sur chaque phrase. C'est Karolina, la sœur de Pav, qui m'avait poussé à répondre à la petite annonce de Claire, il y a près de trois ans.

« Tu glandes toute la journée avec mon frère, c'est pas comme ça que tu vas te tirer de cette tour. Pawel s'en sortira, mon père le laissera jamais rester con comme il est, mais toi ? Avec le père que tu te payes, tu comptes faire comment ? »

À quinze ans, Karolina avait compris qu'il n'y a pas de liberté sans indépendance et pas d'indépendance sans argent. Elle a persuadé ses parents de la laisser shampooiner des blondes, deux fois par semaine, chez un coiffeur de l'autre côté de la voie ferrée. En quelques jours, elle a peaufiné son accent et ses manières et les clientes furent persuadées qu'elle avait grandi dans leur quartier. Elle s'est abstenue d'éclater de rire quand ces dernières s'inventaient, elles aussi, un pedigree en traînant sur certaines syllabes. Elle a appris à sourire devant les photos de plages subliiiimes aux Maldives ou à la Barbaaaade qu'on se passait d'un fauteuil à l'autre. Elle a baissé les yeux chaque fois qu'on évoquait cette immmmonde immmmeuble au-delà des rails. Moi aussi j'ai dû changer mon accent, mes vêtements, ralentir ma manière de parler, de marcher. Les gens étaient sur leurs gardes dans la rue : si je marchais trop vite, j'allais forcément leur sauter dessus, trop lentement, je préparais sans doute un mauvais coup. Il suffit d'un sac à main pour que tout le monde s'imagine que je l'ai volé. On ne quitte jamais vraiment l'Eden, un seul regard suffit à nous y emprisonner de nouveau.

Le patron de Karolina, enthousiasmé par son travail, ne tarda pas à lui proposer un contrat d'apprentissage, ce qui conforta son envie de se lancer dans des études en management de salon de coiffure. Il y a deux ans, son père, sa tante et son oncle se sont associés pour racheter un ancien restaurant de *fish and chips* dans la rue la plus nouvellement bobo de Brixton, le transformer en paradis du cheveu et en confier la gestion à Karolina. C'est comme ça les Polonais, ça fait leurs affaires entre eux. Aujourd'hui, elle a vingt et un ans, sa liberté et une boutique qui cartonne. Elle verse des dividendes à toute sa famille.

Comme je disais, c'est elle qui a déniché la petite annonce de Claire au supermarché. Quelqu'un l'avait punaisée au panneau *Love your Community*, dans un recoin mal éclairé, près de la porte de sortie. Ça disait, « Dame aveugle cherche personne pour lui faire la lecture deux heures et demie, trois fois par semaine », suivi d'un numéro de téléphone. Karolina a ajouté, « si tu veux pas une vie de ce côté-ci des rails, je te conseille de téléphoner ». C'était mieux payé que d'ouvrir des cartons chez Mister Ferguson.

Alors j'ai appelé.

8

L'autre a détruit les affaires de ma mère, y compris la blouse de travail qu'elle avait abandonnée sur la patère le jour où elle est partie. Les photos aussi, les rares qu'elle avait fait imprimer. Le jour où il a appelé ma grand-mère à la rescousse, celle-ci lui a posé la question en débarquant à l'Eden – « et elle n'a rien laissé ? ». Il a prétendu qu'elle avait tout emporté en Espagne, mais moi j'ai vu les sacs-poubelles qu'il a balancés aux ordures.

Quand elle était petite, Lauren me réclamait constamment de la lui décrire. Elle craignait l'autre et ses colères infondées – surtout lorsqu'il déchaînait sur moi sa rancune et m'accusait de tous les maux – et ne lui aurait jamais demandé d'évoquer le passé, alors je ratissais mes souvenirs.

— Elle avait tes yeux, en plus tristes.
— Les yeux, c'est tout ?
— Les yeux, c'est le plus important.

Ma sœur repartait en dodelinant du chef, avec cet air à la fois concentré et dubitatif que prennent si bien les fillettes. Le lendemain matin je l'entendais pleurer, seule, face au regard triste de notre mère que lui renvoyait le miroir de la salle de bains.

Moi, je refuse de ressembler à l'autre, ni physiquement, ni autrement, mais je ne peux pas y échapper. Il y a une photo de lui jeune dans le salon, la seule qu'il ait conservée : leur photo de mariage. C'est moi tout craché. Il a découpé la tête de ma mère et pose à côté d'une robe blanche décapitée. Il a l'air aussi con qu'aujourd'hui, juste plus jeune. Un jeune con, quoi. Et moi je refuse de devenir un jeune con. Claire répète qu'elle veillera à ce que ça n'arrive jamais, pourtant je vérifie chaque fois que je croise mon reflet dans une vitrine. J'ai même demandé à Karolina de me faire une coupe classe pour qu'on arrête de me comparer à lui. Elle m'a rasé la nuque et les tempes et a laissé plus long sur le dessus. « J'aime bien, ça fait footballeur », a dit Lauren avant d'attraper la photo de mariage et d'ajouter, « c'est dingue, on dirait des frères jumeaux ! ».

Quand elle vivait à l'Eden, ma grand-mère nous coupait les cheveux. Elle nous faisait nous asseoir sur une chaise de cuisine, un pack de bières en guise de rehausseur. Les longs cheveux de Lauren n'avaient guère besoin d'entretien ; un coup de ciseaux pour égaliser les pointes et c'était réglé. Pour moi, toujours le même sabot sur la tondeuse afin que la longueur reste uniforme de janvier à décembre. Rien n'avait jamais le temps de repousser. Je me faisais traiter de hérisson à l'école. Je m'en foutais. Un hérisson, ça pique. Un jour, elle m'avait abandonné dans la cuisine pour se disputer à voix basse avec l'autre au salon. Au bout de quelques minutes, fatigué de poireauter sur ma chaise, je les avais rejoints. Après un court silence, ma grand-mère avait pris un ton soudainement cordial et commenté ma coupe de cheveux. L'autre avait marmonné que ça ne ramènerait pas ma mère. La tension m'avait tordu le ventre. Ces messes basses devinrent de plus en plus fréquentes. Parfois elles dégénéraient en engueulades au cours desquelles l'accent rugueux de Glasgow écrasait celui de Newcastle.

Jamais l'autre n'aurait osé lever la main sur sa belle-mère – elle se serait rebiffée à grands coups de ciseaux – mais les insultes, il ne s'en privait pas. Consciemment ou non, elle savait qu'il fallait plier comme avait plié sa fille, pour Lauren et pour moi, mais la différence c'est qu'elle ne nous aurait jamais quittés. Entre elle et l'autre régnait une hostilité froide qui s'efforçait de donner le change devant nous. « Ça arrive de se disputer, c'est pas grave », m'expliqua-t-elle un jour après un accrochage particulièrement violent. J'avais onze ans. « Ta sœur et toi aussi, vous vous chamaillez, ça ne veut pas dire que vous ne vous aimez pas. » Cette comparaison m'avait laissé perplexe. Je refusais de croise que l'autre ait pu fracasser le corps de ma mère par amour.

Le premier Noël, Lauren l'avait cherchée partout en

demandant à quelle heure elle arriverait. Les yeux de ma grand-mère avaient coulé un peu. « La fumée », avait-elle déclaré avant d'écraser son mégot et de prendre ma sœur sur ses genoux. « Peut-être demain matin, peut-être l'année prochaine. » L'autre avait haussé les épaules entre deux Carlsberg devant le traditionnel discours de la Reine à la télévision. Ma grand-mère – elle me le confia quelques années plus tard – avait économisé tout l'automne pour dévaliser le rayon jouets d'un grand magasin et noyer de paquets le pied de notre sapin en plastique.

Bien entendu, au matin du vingt-cinq, Lauren et moi fûmes convaincus que le Père Noël avait fait un crochet par l'Espagne où ma mère avait rempli sa hotte de cadeaux à notre intention. L'autre maugréa quelque chose ; personne ne releva. La preuve que c'était bien le Père Noël : il était reparti avec l'enveloppe qui contenait nos dessins et sur laquelle Lauren avait tracé, avec mon aide précieuse, son tout premier mot : M A M A N. Elle continua de croire au Père Noël et au retour de notre mère pendant plusieurs années. Et même après, lorsqu'on mentionnait ce nom, le regard de ma sœur se voilait de doute. Moi ? Je ne sais pas. Instinctivement, je crois que j'avais depuis longtemps cessé de gober leurs balivernes.

Au fil des mois, Lauren devint la princesse de la famille. Même l'autre se laissa attendrir. Il faut dire qu'elle était mignonne, du haut de ses six ans. Elle réclamait en permanence des câlins que personne n'osait lui refuser. Elle accourait vers ma grand-mère, l'autre ou moi pour être prise dans les bras. Elle y restait des heures, le pouce accroché à la bouche. La nuit elle me rejoignait dans mon lit, se blottissait au creux de moi – petite boule de tendresse qui m'aidait à grandir – et ne bronchait plus jusqu'au matin. Quand j'avais froid, je vérifiais que la couette la couvrait entièrement, puis j'enfonçais mon nez dans ses cheveux. Je fermais les yeux à la recherche du parfum disparu, persuadé que ma sœur portait notre mère en elle. Je me rendis cependant vite compte de l'absurdité de ma théorie : ma mère n'a jamais fumé et notre grand-mère puait la cigarette. Lauren avait d'ailleurs pris l'habitude de tousser avant même qu'elle ne la soulève pour la cajoler. L'amour, lui, ne s'embarrassait pas de ces considérations ; entre deux bouffées de fumée, on ne voyait que lui.

Je me dis souvent que ces moments n'auraient jamais existé si ma mère était restée. Malgré tout, je n'arrive pas à lui pardonner. Peut-être plus tard. Qui sait ? La vie m'apprendra sans doute que, souvent, on prend la mauvaise décision. Mais pourquoi nous avoir abandonnés à la violence de l'autre et de l'Eden ? Pourquoi ne pas nous avoir emmenés avec elle ? On aurait pu se réfugier chez notre grand-mère tous les trois. Et la police ? Pourquoi ne jamais l'avoir appelée quand l'autre se déchaînait sur elle ? Je m'en veux de lui en vouloir. Le pardon et la rancune sont les revers de la même médaille après tout. L'amour et la haine aussi. À pile ou face, il suffit d'un rien pour que tout bascule du mauvais côté.

J'ai passé mon enfance à chercher ma mère, ses bras, sa voix, sa présence. À l'attendre. À me dire qu'elle était partie à cause de moi comme l'autre me le répétait dès que ma grand-mère avait le dos tourné. Si j'avais été plus gentil. Si j'avais serré sa main plus fort quand elle nous emmenait à l'école. Si j'avais eu de meilleures notes. Si je m'étais interposé entre elle et l'autre quand il la dérouillait. Si je l'avais tirée par son t-shirt quand, de la fenêtre de la cuisine, elle gardait les yeux rivés sur la voie ferrée. Si je n'avais pas eu neuf ans, elle ne nous aurait jamais quittés.

Je mentais ma mère à ma sœur. Je ne la racontais pas, je la mentais. Au début je m'agrippais à mes propres souvenirs pour inventer une mère heureuse dans une vie qui n'a jamais été la sienne. Mais ceux-ci se sont vite taris. À neuf ans on ne pense pas à les engranger. On s'imagine qu'une mère c'est pour toujours et puis, comme tous les gosses, on se nourrit d'égocentrisme : les seuls souvenirs qui comptent sont ceux dans lesquels on figure. J'ai menti à Lauren ce manque que nous portons tous les deux au plus profond de nous. Pour cacher mon ressentiment envers celle qui nous a abandonnés, je nous ai fabriqué un idéal de carton-pâte. Je l'ai embelli, décoré, je l'ai enrobé d'illusion. Je nous ai bernés, ma si petite sœur et moi. Je voulais à tout prix lui épargner le questionnement haineux qui me hante toutes les nuits depuis huit ans : pourquoi nous as-tu lâchés comme ça ?

Maintes fois j'ai rêvé de nos retrouvailles, pourtant j'ignore si je la reconnaîtrais aujourd'hui. Ses traits se sont effacés de mon esprit ; un trou noir dans mon trou noir. L'autre a toujours catégoriquement refusé d'appeler ou de nous laisser appeler lorsque nous la réclamions. À plusieurs reprises, les premières semaines, ma grand-mère tenta de la joindre, en vain. Jamais personne n'a décroché. Saturé par nos messages, son répondeur avait fini par rejeter nos chagrins d'orphelins. Nous continuions toutefois de nous enivrer, volume au maximum, de sa voix enregistrée. À force, nous en avions appris chaque intonation, chaque langueur, chaque monotonie qui ressassait posément son absence. Un jour, la tonalité sonna dans le vide. Elle avait sans doute résilié son contrat et pris un numéro espagnol. Plus rien ne la rattachait à nous.

Quand l'hôpital a appelé pour nous annoncer la mort de ma grand-mère, c'est moi qui ai décroché. L'autre était au pub. Je me suis agenouillé devant Lauren pour la prendre dans mes bras et lui murmurer doucement la nouvelle. Elle s'est effondrée puis a réfugié sa peine dans le creux de mon épaule. Moi, j'oscillais entre chagrin et reproches – pourquoi fumait-elle autant ? Elle était encore plus égoïste que ma mère. Elle, au moins, avait l'excuse de se faire tabasser. Elle avait fui, certes lâchement, en assassinant notre enfance, mais au moins elle avait sauvé sa peau. J'étais en colère. En colère contre l'autre, contre ma mère, contre ma grand-mère. Contre le monde. Mais surtout, j'étais en colère d'être en colère parce que je voulais être fort pour Lauren. Claire dit que c'est toujours comme ça quand on aime les gens. Lorsqu'ils te déçoivent, tu t'en veux d'être fâché contre eux. Peut-être. Ou peut-être que, dans une vie trop jeune, quand la douleur devient une habitude, il y a souvent la fureur au bout.

On ne nous a jamais restitué le téléphone de ma grand-mère et les photos qu'il contenait. Personne n'a eu la présence d'esprit de poser la question aux infirmières à l'époque. Heureusement elle m'avait donné une vieille photo de sa fille jeune, souriante, insouciante. On ne la reconnaît pas. Elle se tient sur un pied, bras dépliés, imitant les ailes du Gateshead Millenium Bridge de Newcastle devant lequel elle pose. La photo est floue, abîmée, pourtant le bonheur de ses seize ans irradie le papier glacé. Je l'ai cachée dans mon tiroir pour que l'autre ne la trouve pas. Évidemment je l'ai montrée à Lauren. Parfois je la surprends à la regarder, assise sur le rebord de mon lit. Je l'ai même vue l'embrasser.

Jusqu'à récemment, lorsque je fermais les yeux, la face blême de ma mère surgissait du noir. Aujourd'hui le noir domine, alors j'observe Lauren. J'ai décidé qu'en superposant en pensée les visages de ma sœur et de ma grand-mère, celui de ma mère me reviendrait plus nettement que sur la photo floue de ses seize ans.

Il y a un an, j'ai aperçu les seins de Lauren pour la première fois, soudainement, comme s'ils avaient poussé pendant la nuit. Ça m'a fait bizarre. C'est bête parce que les seins, ce n'est pas vraiment ce dont je me souviens le mieux chez ma mère, évidemment, mais comment dire, depuis qu'elle a de la poitrine, Lauren ressemble de moins en moins à ma sœur et de plus en plus à ma mère. Je crois qu'elle aussi a remarqué. Récemment, elle s'est mise à porter des vêtements amples pour dissimuler ses formes ; des manches longues jusqu'aux poignets. Ça lui passera.

Je me souviens du jour où elle a débarqué dans la chambre à moitié à poil, paniquée, en larmes. Elle devait avoir douze ans. L'autre n'était pas encore rentré de sa journée. Les sanglots de Lauren embrouillaient ses explications. Du rouge gouttait de sa culotte. J'avais beau me douter de ce qui se passait, douze ans ça semblait trop jeune même si, à vrai dire, je n'en savais rien. Personne n'avait expliqué à Lauren ce qui l'attendait et à moi encore moins ; ni ma mère, ni ma grand-mère qui ne s'imaginait pas que le cancer l'arracherait si vite à son devoir. Non, personne ne lui avait jamais dévoilé que devenir une femme signifiait saigner toute sa vie. Ou presque. Une grande de l'école s'était bien chargée de cette besogne pendant la récré, à grand renfort de détails. Les gamines les plus jeunes qui l'avaient écoutée avaient été terrifiées me confia ma sœur. « La première fois, ça t'arrive tout d'un coup. D'abord t'as hyper mal dans le bas du dos. Tu te méfies pas, tu penses juste que ton cartable est trop lourd, mais ensuite tu pisses des litres de sang pendant des jours entiers. La douleur descend dans ton bide, elle est toujours aussi forte, comme si on t'arrachait des trucs dedans. C'est gore, tu peux pas t'imaginer ! »

Lauren avait vécu dans l'angoisse de l'inévitable pendant des mois, sans personne pour la rassurer et lui expliquer que les copines d'école déblatèrent souvent tout un tas de conneries, dans le seul but de se rendre intéressantes.

Mes potes et moi nous foutions souvent des filles qui se massaient le ventre en geignant. Petites natures, on les appelait. C'est con les mecs. Parce que le jour où ta sœur de douze ans hurle que son ventre va exploser, tu ne fais pas le fier. Ce jour-là, tu la prends dans tes bras, tu essuies ses larmes sur la manche de ton t-shirt, tu la déshabilles en essayant de pas chialer devant le sang qui ruisselle le long de ses petites cuisses maigres, tu la poses doucement dans la baignoire, tu murmures des trucs dont tu n'es même pas sûr – « c'est rien, c'est normal, ça va s'arrêter » – et tu te dis que c'est ça la force des filles : savoir saigner, plier, prendre des coups et cacher leurs bleus en tirant sur leurs manches. Parfois elles se rebiffent. Parfois elles s'enfuient. Parfois elles se brisent. Et toi tu regardes tourbillonner tout ce rouge rosi par l'eau de la douche, ce rouge qui s'accroche au calcaire râpeux du fond de la baignoire et tu pries le Dieu que tu n'as pas pour que ta sœur soit de celles qui se rebiffent. Ou qui s'enfuient, si elle tient de sa mère.

Le lendemain, je m'étais rendu dare-dare au supermarché où je travaillais encore. J'avais erré pendant un moment à la recherche du rayon hygiène féminine dont j'ignorais jusqu'à l'existence. J'étais gêné. Hors de question de demander à qui que ce soit de me l'indiquer. Une fois devant, j'avais attendu que l'allée se vide et mémorisé les articles que deux dames ajoutaient à leur caddie. J'étais ensuite resté interdit devant le choix et les prix ; tampons normaux (c'est quoi un applicateur ?), ultra-absorbants, serviettes alvéolées, avec ailettes, pour la nuit, le jour. Où donc les gamines de l'Eden, ou même leurs mères, trouvaient-elles l'argent tous les mois pour ces trucs-là ? J'avais procédé à une sélection rapide ; Lauren en essaierait plusieurs pour trouver ce qui lui conviendrait le mieux et si nous avions un doute, je regarderais sur Internet. Il ne fallait surtout pas que l'autre s'aperçoive que j'avais amputé le budget bouffe de la semaine. Il se foutait bien de ce qui pouvait nous arriver, à Lauren comme à moi, mais je savais qu'il la ridiculiserait s'il apprenait qu'elle avait paniqué. L'épisode l'avait suffisamment traumatisée pour que ce salopard n'en rajoute pas. Je décidai de piquer les quatre articles que j'avais choisis, ce qui m'éviterait de rendre des comptes à l'autre. Je les fourrai sous mon sweat loin de l'œil des caméras puis me dirigeai vers la sortie en la jouant cool. J'allai même jusqu'à saluer l'amie de ma mère qui m'avait dégotté ce job, à la caisse centrale. Mister Ferguson apparut derrière elle, la gentillesse aux lèvres, et me fit signe d'approcher. Je ne pouvais pas me dérober ni m'enfuir en courant. J'avais trop besoin de ce boulot. Je n'avais pas encore commencé chez Claire.

— J'ai pas vu ton nom sur le planning. Qu'est-ce que tu fais ici aujourd'hui ?

— Non, Mister Ferguson, je bosse le samedi avec Ben et Pawel, vous savez bien. Ça m'aiderait de faire du rab d'ailleurs, mais y'a pas de place.

— Suis-moi, je vais voir ce qu'on peut faire.

J'étais pris à mon propre piège. Pourquoi avais-je donc voulu le baratiner ? Je rougissais à l'idée de trahir le seul adulte qui m'avait toujours fait confiance. Arrivé dans la salle du personnel Mister Ferguson exigea que je vide sur son bureau ce que je camouflais sous mon sweat. Il me fixa, l'air perplexe, en découvrant les articles d'hygiène féminine. La honte trempait mon front, mes aisselles et mon amour-propre. Mon crâne se mit soudain à bourdonner. J'eus du mal à respirer. Sans poser la moindre question, Mister Ferguson ouvrit un tiroir, en sortit un formulaire (sans doute une déclaration de vol) sur lequel il nota scrupuleusement chacune des références. Je balbutiai une explication oiseuse au sujet de ma sœur de douze ans, de ma mère, ma grand-mère ; toutes ces femmes qui m'avaient laissé tout seul pour appréhender le monde et ses injustices. « J'y comprends rien moi, aux trucs de filles, si ça se trouve on n'a pas besoin de tout ça, je rapporterai ceux qui vont pas. S'il vous plaît Mister Ferguson, pas la police ! *Please !* Pas la police ! »

Il m'interrompit d'un geste, la déception clairement installée sur son visage, plia le formulaire qu'il venait de remplir puis s'approcha de moi. Il saisit d'une main l'une des boîtes de serviettes hygiéniques, la tint devant mon visage puis l'écrasa du poing avec rage dans un bang qui me fit bondir en arrière. Je n'aurais jamais imaginé que Mister Ferguson puisse devenir violent. Je songeai à Lauren, toute seule, mortifiée à l'Eden. Il fallait absolument que je rentre avant que l'autre ne débarque. Je fermai les yeux, prêt à recevoir une claque pourvu que ça se termine vite. Il hurla, « Regarde-moi ! ».

Mister Ferguson attrapa le deuxième paquet et en déchira l'emballage sous mon nez, puis le troisième et le quatrième, avant de les ranger dans un sac qu'il me tendit. « Ils ne font plus partie du stock. Rends-moi service, emporte-les. Dans cet état, aucune cliente du quartier n'en voudra. »

9

— Czerwinski, marmonne Pav en parcourant Instagram sur son smartphone. C'est quoi déjà le prénom ?

— Eva.

— Avec un V ou un W ?

— Tu crois pas qu'il y a assez de K, de Z et de W dans vos noms polacks sans qu'on lui en rajoute un ?

Le visage de Pav s'éclaire.

— Même pas un compte privé ! On ne devrait pas avoir de mal à la retrouver.

Il éloigne un peu son téléphone pour nous montrer. Ben s'assied sur le trottoir à côté de nous. Je ne quitte pas l'écran du regard. La vie virtuelle d'Eva défile sous nos yeux, au gré des impulsions de Pav qui ponctue chaque photo d'une remarque graveleuse. Ben soupire à plusieurs reprises. Moi aussi, ça me gonfle. Apparemment Eva est typiquement polonaise.

— Et tu vois ça à quoi ?

— Si t'étais polack, tu saurais de quoi je parle.

Ça met Claire hors d'elle quand je lui raconte les conneries que débite Pav. « Il est raciste comme un Polonais, ton Pawel, mais son mépris est bien anglais ! » Claire est irlandaise. Du Nord. Mais attention, pas d'une de ces familles de *ramasseurs de pommes de terre qui pondaient des gosses à tire-larigot*, comme elle les appelle. Non, le père de Claire était Lord. Son frère aîné a repris le titre et le flambeau. Elle a une sœur aussi. J'ai remarqué une gravure chez elle, une énorme forteresse dans un beau cadre avec le nom sur une petite plaque métallique. Quand je lui ai demandé où c'était, elle a répondu, « tu vois les trois dernières fenêtres à gauche, au deuxième étage, c'était la chambre que je partageais avec ma sœur ». Ça m'a fait drôle d'imaginer que Claire n'avait pas sa propre chambre dans une bâtisse aussi énorme. Elle s'est doutée de ce que j'avais en tête, comme toujours, et a ajouté, « enfin, quand mon père, ce vieux sagouin, nous autorisait à quitter le pensionnat où il nous avait collées ». Après ça, Claire est entrée à Newnham College, la première université pour femmes de Cambridge, « fondée à une époque où les filles n'avaient pas le droit d'étudier », a-t-elle vociféré en haussant les épaules, comme si mes couilles me rendaient responsable de toutes les saloperies proférées par les hommes. J'ai pensé à ma sœur. Si Lauren entrait à l'université, je serais le plus fier des frères.

Claire a connu son mari à Cambridge. Il avait un gros poste dans la City et gagnait des millions. Enfin, je ne sais pas mais je me doute, pour s'offrir une baraque pareille… Ils l'ont achetée ensemble. Elle y vit seule à présent. Elle enseignait la littérature anglo-américaine au University College London avant la tragédie. Elle a repris deux ans plus tard, on lui avait gardé son poste. Claire a beau être irlandaise, son accent est bien anglais, même assez snob pour tout dire. « Mon pensionnat se trouvait dans le Somerset et celles qui ne se débarrassaient pas assez vite de leur accent régional devenaient la risée de toute l'école. Mais je suis irlandaise, pas anglaise ! »

Moi, ça m'est égal qu'elle soit anglaise ou irlandaise mais quand Claire décrit l'Irlande du Nord de sa jeunesse, je me dis qu'on est quand même mieux à Londres. Elle m'a raconté le carnage d'Omagh et les vingt-neuf vies que l'IRA et deux cent trente kilos d'explosifs ont pulvérisées jusque sur les fenêtres du deuxième étage. Les enfants éventrés, décapités, démembrés. La femme enceinte de jumeaux dont la main inerte serrait encore son bébé d'un an, mort lui aussi. L'agonie des survivants, leurs râles que couvraient les sirènes des forces de l'ordre. La nausée des policiers, des pompiers, des ambulanciers, forcés de décider en une fraction de seconde qui sauver et qui laisser crever. Les sangs catholique et protestant qui engorgeaient le caniveau au milieu de morceaux de chair et de souffrance. L'Humanité brisée dans une petite rue d'une petite ville d'une petite nation de ce royaume éclaté. Les yeux de Claire ont beau ne plus y voir, sa mémoire regorge d'images effroyables, à commencer par celle des cadavres de son mari et de leur fille de quatre ans. « Leur mort n'a pas été vaine, avait-elle conclu ce jour-là, sans Omagh, les Accords du Vendredi Saint, la paix en Irlande, n'auraient jamais pu être négociés. Et les connards qui ont voté Brexit risquent de tout foutre en l'air à présent. » Un jour, je lui ai demandé si elle avait aimé sa jeunesse. Elle a marqué un silence et a murmuré « l'enfance reste l'enfance. Qu'on la chérisse ou qu'on la maudisse, elle détermine notre destin ».

— Elle est plutôt bonne Eva, dit Pav en sifflant devant une photo d'elle à la plage. C'est où ça ? L'Espagne ?

Je reconnais les tours de Benidorm.

— Tu peux nous épargner tes commentaires s'teuplaît ? On cherche son adresse, pas à voir si tu peux la sauter !

— Oh, du calme ! T'as juste trouvé son sac, mec !

C'est vrai. Moi non plus, je ne connais pas Eva, pourtant elle m'a ému. Je me fous de son Insta, de savoir si son prénom prend un V ou un W et de toutes les traces qui sont censées nous mener jusqu'à elle. Je ferme les yeux. Elle m'apparaît, ce matin, sur le quai, serrant son sac et sa solitude comme je trimbalais la mienne.

— Regardez cette photo ! dit tout à coup Pav, c'est Balham ! Elle habite Balham ! Et vous savez quoi ? Je crois que j'ai déjà vu cette fille !

10

Le jour de mes dix-huit ans, je me ferai faire un passeport et je partirai pour l'Espagne. Seul. Ce sera comme dans un film, les retrouvailles avec ma mère. Elle me reconnaîtra la première, bien sûr, parce que je lui rappellerai l'autre, celui d'avant l'Eden, celui dont elle était amoureuse et qui l'embrassait dans le froid iodé de Newcastle, la prenait dans ses bras de boxeur et lui promettait le paradis.

À chaque étape de mon périple, j'enverrai des photos à Lauren. Nous nous parlerons peu, ma mère et moi. Les mots deviennent casaniers avec les années. Elle me conduira jusque chez elle dans sa voiture de sport rouge. Il y aura une grande piscine toute bleue, bien sûr. Si elle a quitté l'Eden, il faut que ce soit pour une belle maison avec un jardin rempli de palmiers, d'oiseaux multicolores et d'arbres fruitiers. Elle me présentera son nouveau mari et ses enfants qui seront géniaux car si elle nous a abandonnés, il faut que ce soit pour un bonheur sans nuage. Elle m'enseignera un peu d'espagnol, pour rire, que je massacrerai avec mon accent anglais de merde. Elle se moquera de moi gentiment. Mes autres frères et sœurs aussi parce qu'ils seront bilingues évidemment. Et leur père espagnol aura une grosse voix qui surgira d'une grosse barbe et dissimulera la même gentillesse éraillée que celle de ma grand-mère. On évoquera son souvenir, la mère formidable qu'elle a été deux fois à vingt-cinq ans d'écart. On se retrouvera autour d'une paella, on dansera, on rira, on noiera le passé dans la sangria, même si on sait très bien que tout remonte toujours à la surface. On sera un peu saouls, surtout les Espagnols parce que nous, les Anglais, on tient mieux l'alcool.

Alors elle m'emmènera dans une pièce à part et ce sera la scène la plus émouvante du film, celle où la musique change pour signaler qu'il faut sortir son mouchoir. Les rires continueront d'arriver depuis le salon, mais pas trop pour ne pas glisser dans le mélo. Elle ouvrira le tiroir d'un bureau ou d'une commode et en tirera une liasse de lettres qu'elle me tendra, en larmes. Elle m'expliquera qu'elle n'a jamais trouvé le courage de les poster. Et je comprendrai que si on n'a aucune nouvelle depuis huit ans, c'est parce que son courage s'est borné à se barrer, pas à écrire. Et elle sanglotera de plus belle. Alors je pleurerai et Lauren aussi au bout du fil. Et nous lui pardonnerons.

Mais j'ai beau essayer, cette fin avec les lettres, les larmes et le pardon, ça ne colle pas. D'abord parce que plus personne n'écrit de lettres aujourd'hui et puis surtout parce que, si elle était en face de moi, les paroles qui sortiraient de ma bouche seraient bien différentes.

À cause d'elle, je n'aurai jamais d'enfants car j'ai trop peur de les faire souffrir, trop peur de tout planter, moi aussi, du jour au lendemain pour quelqu'un d'autre. Je suis hanté par la crainte qu'il existe un gène de l'abandon, que si ça se trouve on devient abandonneur de père en fils, de mère en fils. Et quand bien même ce ne serait pas héréditaire, je n'aurai jamais d'enfants parce que je ne supporterais pas de leur mentir mon enfance, comme je l'ai fait avec Lauren. Je n'aurais pas la force de leur inventer une grand-mère comme j'ai inventé une mère à ma sœur.

À Lauren, je racontais des anecdotes construites de toutes pièces. Je pillais les histoires que nous tenions de notre grand-mère, je les étirais, les étoffais pour les rendre crédibles et mémorables. Je traquais les traits de caractère de notre mère dont ma sœur et moi avons hérité – je renie tout de l'autre – pour en faire les prémices d'un passé fantasmé.

Je composais une symphonie de petites fictions qui illustraient une personnalité dont j'avais oublié l'essentiel. Elle devenait de temps en temps empotée et rebouchait mal la bouteille de lait avant de la poser à l'horizontale dans le réfrigérateur. Au bout de quelques minutes, une flaque blanche s'allongeait sur le carrelage. Un jour elle avait même glissé dedans. *Patatras!* Lauren se demandait à chaque fois si elle avait le droit de se moquer de cette mère à peine connue.

Elle attendait que je lui donne le signal en éclatant de rire, puis se tordait à ne plus pouvoir s'arrêter. Notre mère aimait danser aussi, dans le salon, tous les soirs, avant que l'autre ne rentre du boulot, une canette de bière à la main. Elle écoutait de la pop à fond avec nous et on tournoyait ensemble à travers la pièce, comme les patineurs artistiques à la télé. Elle adorait les chatouilles et se jetait souvent sur ma sœur et moi, les doigts écarquillés. Et nous, on se gondolait avant même d'être effleurés. La bataille était féroce. Nous finissions tous les trois hilares, à nous tenir les côtes sur le canapé ou à même la moquette jusqu'à ce qu'elle lance « allez, au bain ! », et que j'arrache mes vêtements pour me précipiter dans la salle de bains, hurlant de joie, tout nu, les bras levés vers le ciel.

Rien n'était vrai.

Lauren adorait les fables dont je fertilisais son esprit. C'était notre rituel. Dès que nous nous retrouvions seuls, je lui racontais des histoires : sur le chemin de l'école, le soir quand ma grand-mère fumait une cigarette à la fenêtre du dîner, la nuit devant les lumières des avions que nous décrétions être des étoiles filantes. Un vœu à chaque fois qu'il en passait une. Toujours le même. J'encaissais ensuite le contrecoup de la réalité, seul, pour épargner ma sœur. Les mirages de l'imagination s'évanouissent d'un coup lorsque le silence les rattrape. Lauren, elle, adorait revivre, des jours durant, tous ces moments qu'elle croyait authentiques – les souvenirs fabriqués d'une d'enfance fantasmée : une mère heureuse, joyeuse, éternelle.

Jamais il n'était question de coups, de cris, de cloisons qui tremblent, de bleus dissimulés sous une blouse, ni d'eau qui coule, la nuit, au fond d'un lavabo.

11

Balham se trouve à une station de l'Eden. Les anciennes habitations prolétaires accueillent aujourd'hui de nouveaux propriétaires qui, il y a encore quelques années, auraient plutôt crevé que de s'aventurer ici. Claire m'a raconté l'histoire du quartier, longtemps populaire, et son évolution fulgurante depuis une quinzaine d'années. On a creusé des sous-sols pour y installer des *home cinémas*, on a bétonné les potagers ouvriers pour en faire des cuisines gigantesques, on a arraché les arbres qu'ont aimés cinq générations pour coucher du gazon synthétique. On se barricade derrière des volets intérieurs, des portes blindées et des systèmes d'alarme sophistiqués. On évite les petites vieilles. Elles ont vu la zone changer depuis soixante-dix ans qu'elles y sont nées. Elles ont connu les roses trémières et les glycines parfumées des jardinets qu'on a dallés pour y ranger des containers de recyclage multicolores et des abris à vélos. Elles ont sillonné ces rues avant que des quatre-quatre électriques allemands n'y garent leur orgueil. Désormais, elles longent les murs du passé, dos courbé, derniers spectres d'une classe laborieuse qui tarde à s'éteindre et dont les promoteurs convoitent l'héritage.

Claire appelle ça la gentrification, quand la pauvreté devient l'exception et l'exception, la honte. Moi, je n'ai pas honte d'être pauvre. Sans doute parce que je sais que la gentrification passera toujours au large de l'Eden. La baraque de Claire se trouve du côté rupin, loin de la voie ferrée, en bordure du parc, juste en face des terrains de tennis et du petit café italien où les femmes du quartier font une pause après leur cours de yoga. À l'époque le coin valait que dalle, même les taxis refusaient d'y déposer leurs clients, m'a raconté Claire. Aujourd'hui, ça n'a pas de prix une bicoque pareille. C'est immense. Amélia est là, heureusement, pour s'occuper de Claire et de la maison. Au début c'était pour envoyer de l'argent à ses enfants que leur grand-mère élève aux Philippines, mais maintenant, Claire et elle sont comme des sœurs. Amélia a un fils de mon âge et deux filles. Je crois que c'est pour ça qu'elle m'aime bien.

Je fais la lecture à Claire pendant deux heures et demie les mardis, jeudis et samedis. Avant, quand je ne bossais pas au supermarché, je traînais avec Pav et ses potes. Beaucoup ont mal tourné en rejoignant, dans un premier temps, une bande de mecs de l'Est qui cassait la gueule aux Brexiters véhéments et faisait sa propre police dès qu'une famille de leur communauté était prise à partie. Pour une insulte, ils pétaient un pare-brise, quand c'était plus sérieux, il leur est arrivé de désosser un mec à coups de barre de fer. Maintenant, ils tiennent les réseaux de drogue qui alimentent les écoles du quartier, jusqu'à Brixton. L'Eden est cerné de ce genre de bandes d'ados. Elles recrutent des mômes dès l'âge de douze ou treize ans. Il y a les Nigérians d'*Oddah Massive*, les Ukrainiens du *K Warriors*, les Jamaïcains d'*Arcadia Boyz* mais aussi les Pakistanais, les Anglais, les Bulgares, les Tchétchènes. Chacun a sa spécificité. Leurs membres se baladent tous avec un marteau ou un couteau caché dans la manche de leur blouson ou accroché à la ceinture. Beaucoup rêvaient de devenir footballeurs mais ont laissé tomber quand personne n'a remarqué leur talent. Le seul moyen qui leur reste pour rouler un jour en Lamborghini, c'est la coke. Ils commencent en bas de l'échelle, rabatteurs ou guetteurs. Et si pour ça il faut buter un rival ou jouer au gruyère à coups de tournevis sur la tronche d'un type qui convoite leur place, ils n'hésitent pas. Un jour, la police a sonné chez les parents de Pav. Un mec avait fini à l'hosto, un œil en moins et la mâchoire défoncée au marteau. Pav avait juré qu'il ne fréquentait plus personne depuis qu'il bossait sur les chantiers, mais les flics avaient fait le rapprochement entre son ancienne bande et l'Eden, et bousculaient leur enquête auprès de tous les Polonais de l'immeuble. Pav s'en est ramassé une belle par son père. Il a disparu plusieurs jours tellement il avait la gueule enflée. On s'est posé des questions quand il a arrêté de poster des selfies quotidiens sur les réseaux sociaux. Il ne répondait plus à son téléphone non plus. On a insisté et il nous a envoyé une photo. C'est comme ça qu'on a su qu'il s'enfermait dans sa chambre, le temps que ça dégonfle.

Ben râle au sortir du métro Balham. « Ça nous avance à quoi d'être ici ? On va où maintenant ? » Pav se dirige vers une droguerie pakistanaise camouflée dans un renfoncement de la rue principale. Un néon harangue les passants sans discontinuer dans un clignotement arc-en-ciel – « Ici, on déverrouille votre téléphone ». Le Pakistanais reconnaît Pav. Ça ne m'étonnerait pas qu'il lui ait déjà apporté des portables égarés. En moins de trois minutes, il craque le mot de passe d'Eva et ouvre une brèche sur sa vie. Pav s'empare du téléphone en prétextant qu'il est sûrement en polonais et que lui seul peut naviguer dessus. Il lâche un rire empreint de connivence qui nous met mal à l'aise, Ben et moi. Ben finit par l'interroger sur l'origine de cet amusement. « C'est des trucs de Polacks, désolé les mecs, vous pouvez pas comprendre. » Ben murmure « connard » et je le pense aussi, mais pas assez fort. « Trouve plutôt son adresse au lieu de dire des conneries pareilles ! » Pav tape le code postal de Balham dans l'option de recherche du WhatsApp d'Eva. Trois messages contenant l'indicatif apparaissent. Il sort son propre téléphone, entre chacune des destinations dans Maps, puis déclare : « *Balham High Road*, c'est la plus proche, littéralement à trois minutes à pied. Et en plus je crois que je sais où on va, les mecs ! » Ben rechigne. Il n'avait pas prévu de passer l'après-midi à faire un jeu de piste et son sac à dos plein de matos de tagueur commence à peser. Il accélère le pas et nous devance d'une vingtaine de mètres.

« Tu vas voir sa gueule », ironise Pav.

12

Kościół Chrystusa Króla, le panneau d'accueil déborde d'annonces en polonais, de photos d'enfants habillés en blanc, d'images religieuses et d'horaires de messe. L'Église du Christ Notre Seigneur, « l'une des principales paroisses polonaises de Londres », nous annonce Pav avec fierté, impose sa pesante silhouette victorienne derrière un lourd portail en fer forgé. Elle me rappelle la gare de Clapham Junction, en moins orgueilleux. La statue dorée d'un homme au sourire généreux, affublé d'un drôle de chapeau et d'une longue canne recourbée, oriente les visiteurs vers trois portes en bois. « C'est Saint Jean-Paul II, le Pape polonais », se glorifie Pawel comme s'il s'agissait d'un parent éloigné. Ben ne détache pas les yeux de l'énorme masse de briques rouges et d'ardoises. « C'est autre chose que votre petite mosquée en face de l'Eden », se vante Pav. Il vient ici tous les dimanches avec ses parents, Karolina et Viktor.

— On va demander au père Wisniewski s'il connaît Eva.
— Il parle anglais ?
— Oui, c'est un Polonais de la troisième génération. Son grand-père était pilote et a rejoint la Résistance polonaise à Londres pendant la Deuxième Guerre Mondiale. D'ailleurs il dit deux messes le dimanche, une dans chaque langue.
— C'est débile, ça prend deux fois plus de temps, s'étonne Ben, chez nous tout est en arabe.
— Ah ouais, ça a l'air beaucoup mieux, ironise Pav, mais nous, on préfère que les gens comprennent le message de Dieu, tu vois ?
— Bon, les mecs ! On est pas là pour ça ! Allons-y !

Pav pousse la porte à l'extrémité gauche de la façade. Un long grincement en accompagne l'ouverture. Ben hésite. « T'as peur de devenir catholique ou quoi, se moque Pav. T'inquiète, on va pas te convertir de force ! Tu parles même pas polonais de toute façon. » Ben le traite de nouveau de connard dans sa barbe avant de se déchausser et de s'engouffrer derrière nous.

La ville se tait à mesure que nous avançons sur le tapis rouge et or de l'allée centrale. Les bancs étirent leur horizontalité de part et d'autre de l'église. La lumière multicolore des fenêtres ruisselle jusqu'à nos pieds tandis que des chandeliers mastoc écrasent nos ombres de leur lueur blafarde. Dans l'obscurité du fond, une petite veilleuse rouge oscille au bout d'une perche. Pav s'arrête net quand il s'aperçoit que Ben est en chaussettes. « Mais tu te crois où ? Remets tout de suite tes godasses, mec... »

Je n'ai jamais mis les pieds dans une église, pas même pour l'enterrement de ma grand-mère. J'ignore dans quel cimetière elle se trouve. À Newcastle je suppose. Elle avait pris ses dispositions, une convention obsèques a dit l'autre à l'époque, mais il n'a pas voulu qu'on assiste à la cérémonie. Une bouffée de tristesse me visse la gorge. Je n'y avais jamais songé ; ma mère n'est même pas au courant que sa propre mère est morte.

Pav murmure que le prêtre se trouve sans doute au confessionnal.

— Où ça ?

— Le confessionnal, tu sais ce que c'est, quand même ? s'étonne Pawel.

— Non.

— Moi non plus, répond Ben en haussant les épaules.

— La confession, c'est ce truc génial réservé aux Catholiques, les mecs. En gros, si tu fais une connerie, tu viens ici et tu en parles au prêtre. Il t'engueule un peu, mais gentiment parce qu'il n'a pas le droit de te juger, il t'ordonne de réciter des prières et *bam* ! T'es libre, comme si t'avais rien fait.

— Pendant combien de temps, les prières ? interroge Ben.

— Ça dépend de la gravité de ce que t'as fait. C'est lui qui décide.

— Bah donc il te juge, si c'est lui qui décide, je m'entends l'interrompre.

— Ouais, un peu mais après ça il te pardonne tes péchés et tu repars peinard. Et le mieux c'est qu'il ne peut en parler à personne. Il est lié par le secret.

Pawel disparaît, sourire aux lèvres, dans un renfoncement du fond de l'église d'où proviennent des murmures. Ben a l'air perplexe. « Il n'y a que Dieu qui peut pardonner, le jour de l'Aïd el-Fitr. » Nous rejoignons Pav. Je suis impatient de savoir ce que le prêtre va nous apprendre sur Eva.

Un groupe de femmes papote à voix basse. Elles font la queue devant une espèce d'armoire. Deux niches, chacune dissimulée derrière un rideau, encadrent une porte en bois sculpté. La discussion bataille pour maintenir le chuchotement. Certaines hochent la tête, d'autres froncent les sourcils, ferment les yeux, pincent les lèvres ou gardent simplement les bras croisés, accompagnant leur immobilité d'un « *tak* », oui, qu'un haussement d'épaules appuyé suffit à convertir en désapprobation. Je ne comprends rien. Ça m'est égal, le spectacle se passe de sous-titres.

En apercevant Pav, elles suspendent leur discussion. Elles l'ont manifestement déjà croisé à la messe du dimanche et sa belle gueule, malgré son jeune âge, les a émoustillées au moins autant qu'elle a émoustillé leurs filles. Comme toujours Pav fait le coq, saluant l'une d'un sourire, embrassant une autre comme une tante, avec une tendresse incestueuse qui rend les autres folles de jalousie. Il nous présente, Ben et moi. On ignore Ben et sa couleur de peau avec un mépris non dissimulé qu'il feint de pas remarquer, par habitude. On m'observe sous toutes les coutures. Mon sang écossais fait douter. *Polakiem ?* Je réponds non de la tête alors on fronce le nez et on me tourne le dos. Pav esquisse un clin d'œil – « tu vois l'effet que ça fait ? ».

Le père de Pav est électricien et son oncle, plombier. Ensemble, ils ont monté leur entreprise de réparation en tous genres quand ils sont arrivés en Angleterre il y a vingt ans – *Call the Polish !* – qu'ils ont inscrit en grosses lettres sur leurs camionnettes blanches. Ce trait d'humour leur a rapporté une foule de clients ; les gens appellent plus volontiers les Polonais que la police. Ils se sont d'abord fait chacun construire une maison en Pologne, et une pour leur mère aussi, puis ont continué d'envoyer de l'argent au reste de la famille là-bas. Maintenant ils emploient des carreleurs roumains, des chauffagistes ukrainiens, des plâtriers lituaniens et bulgares et pas mal de Polonais qui maîtrisent la plomberie et l'électricité. Tout ce monde-là communique dans un mélange d'anglais, de russe et de langue des signes improvisée. Viktor, le frère de Pawel, a terminé une formation en management pour mettre un peu d'ordre dans la boîte. Viktor ! Qui aurait parié une bille sur lui ? Leur mère ne fait plus de ménages et Pav m'a confié que son père avait repéré une maison à retaper, de l'autre côté des voies ferrées, dans laquelle il envisage d'emménager l'an prochain.

Une semaine après le vote du Brexit, quelqu'un a crevé les pneus d'une des camionnettes *Call the Polish !* puis s'en est pris aux essuie-glaces et aux rétroviseurs. Le père de Pav a préféré y voir un incident de voisinage plutôt qu'une agression xénophobe. D'autant plus qu'il croule sous le boulot depuis le Brexit. Il n'a pas souhaité prévenir la police. On regrette toujours de faire appel aux institutions quand on a un accent étranger, dit-il. Et puis il pensait que ça se tasserait, que les petits cons qui s'amusaient à ce genre de chose se lasseraient. Sauf que ça s'est répété souvent et avec une régularité de métronome. Pendant un peu plus de dix-huit mois, quelqu'un a balancé des briques dans leur pare-brise ou a collé des pommes de terre dans leur pot d'échappement. L'oncle de Pav a fini par installer une caméra dans la camionnette. Malheureusement le mec était cagoulé. Ils n'ont jamais vu son visage. Viktor a fait le guet plusieurs fois, à se geler les couilles en plein hiver, en vain. Ils n'ont jamais chopé le responsable.

Quand l'autre était au chômage, je lui avais proposé plusieurs fois d'en parler au père de Pawel au cas où *Call the Polish!* cherchait quelqu'un. Ça semble bizarre que je m'inquiète du boulot de l'autre, mais c'était l'enfer à l'Eden quand il ne bossait pas. J'aurais tout fait pour qu'il nous foute la paix. Bref, il avait éclaté de rire méchamment et décrété qu'il préférerait crever plutôt que de trahir les siens en bossant pour des Polacks. C'est lui qui s'en prenait à leur camionnette. Je l'ai vu un samedi soir qu'il rentrait éméché du pub et moi de chez Claire. J'ai même pris des photos, camouflé derrière l'abri bus. Il se vante régulièrement d'avoir coché « Quitter l'Union Européenne » sur son bulletin de vote et ne jure que par Boris Johnson. La médiocrité est moins lourde à porter quand on la met sur le dos des autres.

Il y a deux semaines, il a insulté la mère de Pav. Viktor était prêt à lui casser la gueule. Son père l'en a dissuadé. Pav n'a rien dit. Ça me tracasse. Je ne voudrais pas qu'il en parle à son ancienne bande et qu'elle coince l'autre un soir en bas de l'Eden pour lui refaire le sourire. Il n'aurait que ce qu'il mérite, mais ça m'embêterait que Pav finisse en tôle pour ça.

L'année dernière, l'autre a enfin retrouvé du boulot : chef de chantier pour un promoteur immobilier belge. Inespéré. Ironique aussi. Il côtoie des Européens de l'Est toute la journée, à part quelques Anglais et des Gallois avec qui il picole. Avec les autres, il ne peut pas faire autrement que de s'écraser, alors il déchaîne ses frustrations sur ceux de l'Eden qu'il croise à Cap Canaveral. Il s'arrange toujours pour les accuser de quelque chose : ils l'empêchent de sortir en bloquant la porte de l'ascenseur, il ne peut pas appuyer sur le bouton parce qu'ils se collent devant, ils bousillent le sol avec leurs chaussures pleines de plâtre et de peinture, ils gueulent et même pas en anglais ! L'autre ratatine sa petitesse au fond de la cabine, marmonne des insultes à la cantonade, bouscule tout le monde à l'ouverture des portes et les traite de sales communistes une fois sur le palier avec son accent de Glasgow, qu'heureusement aucun d'entre eux ne comprend ou presque. Il y en a quand même un qui lui a filé un bourre-pif avant-hier. Ça a failli dégénérer – l'autre n'a pas perdu ses réflexes de boxeur – mais ils étaient trop nombreux dans l'ascenseur.

— Il est où ton prêtre ? interroge Ben.

— Derrière cette porte, dans le confessionnal, répond Pav.

— Ça va prendre un temps dingue si on doit attendre que chacune de ces bonnes femmes soit passée ! Personne n'est sorti de là depuis notre arrivée.

Pav esquisse un sourire malicieux.

— Laissez-moi faire les mecs !

Il se pavane au milieu de ses admiratrices, plaisantant avec l'une, régalant l'autre d'un petit mot gentil, faisant rougir une troisième en lui murmurant une douceur à l'oreille. L'une des Polonaises ne le quitte pas des yeux depuis qu'il a fait irruption dans la queue. Elle sourit et dodeline de la tête devant son numéro de séducteur. Il la salue d'un baiser sur la joue qui dure une fraction de seconde de trop ; elle ferme les yeux. Elle a trente-deux, trente-trois ans. Elle est très belle ; les cheveux foncés, les pommettes hautes, le même teint rose que la mère de Pawel. Son nez est petit, un peu en trompette. Lorsqu'elle sourit, une légère marque de rouge à lèvres lui rosit les dents. Pav explique rapidement la situation aux dames dans la file puis se place en pole position sans susciter la moindre protestation. Trois minutes après, le rideau de gauche se soulève. Il s'engouffre dans la niche, laissant tout juste le temps de sortir à une dame en pleurs que toute la basse-cour s'empresse de réconforter de questions.

Ben s'assied sur un banc, un peu à l'écart. Il n'a aucune envie de poireauter au milieu de toute cette Pologne. Moi non plus. Je me pose à côté de lui, ferme les yeux et pense à Eva. Eva. Eva. Et à ma mère. Leurs visages se confondent dans le même ovale, enfin je crois car il ne me reste de ma mère que l'ovale que l'autre a découpé dans leur photo de mariage. Ma grand-mère avait été furieuse quand elle avait constaté cette mutilation. Une violente dispute s'en était suivie, que l'autre avait remportée. La photo demeurerait à l'endroit qu'il avait choisi, bien en vue dans le salon afin que chaque membre de cette famille n'oublie jamais le mal que « cette salope nous a fait à tous en se tirant ». Je me retenais de hurler du haut de mes neuf ans que c'était lui qui avait causé le plus de mal à tout le monde. Lui et la banque qui avait mis un terme à l'espoir. Lorsqu'il s'absentait pour aller travailler, ma grand-mère s'attardait dans le salon. Elle faisait la poussière et mettait un peu d'ordre dans le bordel qu'il semait toujours derrière lui. Souvent je la surprenais, assise sur l'accoudoir du canapé, la tête penchée sur la photo tronquée. Elle se tapotait les yeux avec le coin propre du chiffon, comme les veuves au cimetière, abîmées, devant les tombes de leurs disparus.

13

Ben n'a rien dit depuis que je me suis assis sur le banc, à côté de lui. Il garde les yeux fermés, la tête légèrement inclinée. On dirait qu'il sommeille. Je n'ose pas le déranger. Il est sans doute fatigué d'avoir tagué pendant deux jours avec Cosima. Je me demande s'il est en train de prier. Que peut bien fabriquer Pav ? Il est dans ce confessionnal depuis au moins cinq minutes. Ça ne prend pas si longtemps de demander une adresse quand même. Ma jambe sautille d'impatience et fait trembler le banc. Ben grogne. Que peut bien lui raconter le prêtre ? Je ne peux pas rester assis là sans rien faire, mais je me vois mal soulever le rideau du confessionnal devant toutes les Polonaises du quartier pour demander s'ils en ont encore pour longtemps. J'abandonne Ben qui n'a toujours pas ouvert les yeux et fais les cent pas de long en large sous l'immense voûte en bois sculpté brandie par une série de colonnes en marbre rose et pierre brute.

Cette église me rappelle le mariage princier dont nous avions regardé la diffusion à la télévision quand ma mère vivait encore avec nous. L'Abbaye de Westminster trônait majestueusement au-dessus d'une foule joviale, agglutinée contre des barrières, et nous devant notre écran. Lauren sautait de joie chaque fois que la caméra s'attardait sur la mariée – « elle est trop belle ! ». Si, par un coup de baguette magique, ma sœur avait pu se transformer en princesse, vivre dans un palais de guimauve, se promener dans des jardins aux mille couleurs et à l'été permanent entourée d'une demi-douzaine de bambins bouclés, un prince blond aux yeux bleus en uniforme rouge à son bras, son rêve de fillette aurait été exaucé. La robe blanche de la mariée, parsemée de flocons de dentelle, sortait tout droit d'un conte de fées. Les diamants de son diadème et de ses boucles d'oreilles scintillaient à l'écran. « Dire qu'un seul de ces cailloux suffirait pour nous mettre tous à l'abri jusqu'à la fin de nos jours », avait soupiré l'autre, amer, avant d'ajouter, « tout ce décorum, ça rend quand même fier d'être britannique ». Il avait sifflé en tirant sur sa braguette lorsque la sœur de la mariée était apparue. Ma mère avait levé les yeux au ciel puis avait disparu dans la cuisine. Lauren s'était réjouie de nouveau – « elle est trop belle ! ». L'autre l'avait attrapée et calée sur ses genoux. Allongée sur son torse musclé, elle suçait son pouce. Il lui avait respiré les cheveux et caressé ses doigts potelés avec sa grosse main calleuse. Le bonheur royal et celui de la nation avaient enrobé notre famille le temps d'une retransmission télévisée.

Je continue de déambuler dans la nef pour calmer mon impatience. Toujours aucun signe de Pawel. Il m'agace. Je lève les yeux vers une galerie de balcons en bois qui double les murs. Sculptés dans les balustrades, des dizaines de personnages barbus et de femmes à la chevelure cachée sous un foulard me rappellent les hommes qui font la queue devant la mosquée et les mères musulmanes de l'Eden. Leur nom apparaît sur une petite plaque à leurs pieds : Saint Stanislas, Sainte Jadwiga, Saint Casimir, Sainte Faustyna, Saint Aldabert. La galerie s'achève par une série d'étendards rouges, blancs et or qui pendent au bout d'interminables tringles dans une pesanteur aussi rigide que celle de l'Abbaye de Westminster. Dans l'une des contre-allées, la statue grandeur nature d'un homme attire mon regard. Il tient une épée dans une main et bouquin dans l'autre. Le socle indique simplement Saint Paul, au-dessus d'une longue inscription : *L'Amour est patient, il est plein de bonté ; l'Amour n'est pas envieux, l'Amour ne se vante pas, il ne s'enfle pas d'orgueil, il ne fait rien de malhonnête, il ne cherche pas son intérêt, il ne s'irrite pas, il ne soupçonne pas le mal, il ne se réjouit pas de l'Injustice mais de la Vérité, il pardonne tout, il croit tout, il espère tout, il supporte tout. L'Amour ne meurt jamais.* (1 Corinthiens 13:4-8)

14

Quand je le rejoins sur son banc, Ben est penché au-dessus de son téléphone, sourire aux lèvres, sans doute en discussion avec Cosima par messages interposés. Je jette un coup d'œil au confessionnal, Pav n'en est toujours pas sorti. Je n'en peux plus d'attendre. Les chuchotements des Polonaises se sont amplifiés et j'ai presque l'impression qu'elles parlent de Pawel. Si seulement je pouvais comprendre ce qu'elles se disent.

« Tu vis ici, tu parles anglais ! » L'autre avait un jour invectivé un couple de Chinois dans l'ascenseur de Cap Canaveral. Ils l'avaient regardé en se demandant ce qui lui prenait. J'étais mortifié. « *Sorry*, nous pas parler ta langue », avaient-ils répondu, désemparés, exprès dans un mauvais anglais pour que l'autre les comprenne, lui dont l'accent impossible de Glasgow leur avait sans doute fait croire qu'il venait fraîchement de débarquer de Lettonie.

Le jour où ma mère a claqué la porte, la vie de merde de l'autre s'est enfoncée dans l'irrémédiable. Une brindille dans du béton frais. Une fois la haine contre ma mère tarie, il l'a reportée sur ceux qu'il tenait responsables de ses échecs : les Polonais dont la concurrence lui avait, soi-disant, fait perdre son boulot dans le bâtiment. Tu penses ! Les mecs finissaient un projet en deux fois moins de temps, pour la moitié du prix et sans mégoter sur la qualité ! Mon amitié pour Pav passait mal. L'autre y voyait une trahison, ce qui me valut de nombreuses raclées. L'une d'elles fut pire que les autres, il y a presque quatre ans ; le jour où il s'est rendu compte que Ben et moi étions amis. Jamais il n'avait remarqué, jamais il ne s'était intéressé à moi. Je venais de fêter mes quatorze ans.

Ben, son frère, ses trois sœurs et ses parents s'entassaient dans un appartement à quelques portes du nôtre. Avec les années, sa mère était devenue moins farouche et nous avait adoptés, Lauren et moi. Elle n'a jamais vraiment appris l'anglais mais, comme souvent chez les muets-malgré-eux, elle mettait tout son cœur dans ses gestes, même les plus insignifiants. Lorsque nous vivions sur le même palier, elle nous gâtait souvent de sucreries et de chocolat avec une douceur maternelle teintée de timidité. Les orphelins que nous étions absorbaient son affection comme des éponges. L'autre avait maintes fois écrit au service de la mairie qui gère les HLM pour dénoncer la famille de Ben. Il estimait qu'ils étaient beaucoup trop nombreux dans un appartement de la même surface que le nôtre – « Qu'on les envoie ailleurs ! ». L'ironie a voulu que, grâce à ses lettres, les parents de Ben, qui baragouinaient à peine l'anglais et auraient été incapables de formuler une telle demande auprès des services compétents, ont fini par obtenir, il y a deux ans, un appartement deux fois plus grand au septième étage !

À l'époque de la fameuse raclée, l'autre était au chômage depuis plusieurs mois et passait ses journées devant des émissions de télé réalité à descendre bière après bière jusqu'à ce que nous rentrions de l'école ou à mater des films pornos sur Internet.

Un jour il nous entendit, Lauren et moi, rire sur le palier avec Ben, sa mère et l'une de ses sœurs. J'avais quatorze ans ; Lauren, onze. Lorsqu'il ouvrit la porte, ma sœur lança « salut », rapidement, pour l'éviter, puis se précipita dans la cuisine. Elle y attrapa un paquet de chips au vinaigre et s'enferma dans notre chambre. J'eus à peine le temps d'en mettre quelques-unes dans une soucoupe pour plus tard. La mère de Ben nous avait donné à chacun un Mars, comme presque tous les jeudis après-midi depuis qu'elle avait appris que l'autre était au chômage et que notre repas du soir se bornait à un paquet de chips et une tasse de thé. J'avais abandonné l'emballage sur la table de la cuisine, mordu dans le chocolat et écrasais à présent avec ma langue le morceau contre mon palais, les yeux fermés d'extase. Lentement, le caramel s'écoulait et tapissait l'intérieur de mes joues d'une couche épaisse d'onctuosité. Une fois le chocolat fondu, j'avais pris l'habitude de faire tournoyer dans ma bouche la petite bille sucrée qui restait, avant de la croquer et la laisser se dissoudre sous ma langue. Une fois par semaine, le bonheur avait, pour moi, un goût de Mars.

J'ouvris les yeux. L'autre se tenait face à moi, poings appuyés sur la table, poitrail en avant, babines retroussées. Il aboya.

— Comment que tu connais le Noiraud d'à côté ?

J'avais encore du caramel plein les dents.

— Alors ?!

— Il s'appelle Ben, enfin Tadalesh, il est somalien. Je le connais depuis des années.

— Le Polack te suffit pas ? Qu'est-ce qu'il fait l'père du Basané ?

— Il est chauffeur Uber.

— Bah voyons ! Et ça t'gêne pas qu'il ait pris le boulot d'un gars de chez nous ?

Son haleine puait la bière, la bêtise et la haine.

— Je sais pas moi, s'il a trouvé un travail c'est qu'il y en a assez pour tous ceux qui veulent bosser.

— T'insinues que j'veux pas travailler, c'est ça ?

Ses yeux s'assombrirent. Il avança en me toisant. Il n'était guère plus grand que moi – aujourd'hui je le dépasse d'une tête et demie – mais, lorsqu'il s'apprêtait à frapper, la colère le gratifiait toujours de plusieurs centimètres supplémentaires.

J'attendais qu'il me décoche une gifle, comme à son habitude, puis se serve une bière dans le réfrigérateur avant de retourner s'affaler devant sa télé en rotant. Au lieu de ça, il durcit le poing et le projeta vers mon visage. Le coup me comprima l'oreille. Un bruit sourd explosa dans mon crâne. Je vacillai. L'assiette de chips se fracassa sur le carrelage. Elle crissa sous mes pieds. Je perdis l'équilibre. Lauren sortit de la chambre – « Qu'est-ce qui se passe ? ». L'autre lui jeta un regard bestial. Il n'a jamais frappé Lauren mais je craignais que, si elle s'approchait de trop près, il ne retrouve les gestes de ses années de boxe, ces gestes qui avaient fait fuir ma mère et qu'il déchaînait à présent sur moi. Je hurlai à ma sœur de regagner notre chambre tout de suite tandis que l'autre me plantait un uppercut dans le ventre. Je m'effondrai. Les brisures de faïence me tailladèrent les mains et les genoux. Je ne ressentais plus rien. Je restai quelques secondes à quatre pattes, le souffle coupé. L'autre recula. Il était rassasié et avait sans doute envie d'une Carlsberg à présent, comme quand il tabassait ma mère. Je cherchai ma respiration et fus pris de hoquet. Ma tête bourdonnait. Il quitta la pièce. J'inspectai la paume de mes mains. Le sel et le vinaigre des chips y brûlaient une multitude de coupures. De petites gouttes éclataient en larges auréoles rouges sur la crasse noire du carrelage. Je m'apprêtais à me relever lorsqu'une douleur fulgurante me déchira les côtes. L'autre était revenu sur ses pas et venait de shooter dans mon flanc avec la puissance d'un forcené. Mon corps chavira. Pendant d'interminables secondes, je crus que le sol se dérobait et me happait dans une chute de treize étages. J'eus à peine le temps de crier. Il m'assena un deuxième coup de pied. Dans la tête cette fois. La douleur se déplaça en un éclair vers mon crâne que je protégeai instinctivement de mes mains couvertes de sang, me roulant en boule pour amortir les prochains coups. La grosse veine près de mon œil enflait déjà. Elle martelait un écho caverneux qui vibrait d'une extrémité à l'autre de mon crâne. Je manquai de m'évanouir. Je pensai à ma mère pour déjouer la souffrance physique qui m'assaillait. Mon ventre me fit un peu moins mal. Pas la tête. L'autre m'enjamba pour attraper une bière dans le frigo. J'étais recroquevillé comme une chenille. J'avais beau ordonner à mon bras de bouger, il ne répondait pas. Mes jambes non plus. Je sentais le sang ruisseler le long de mon front, mon nez, ma bouche. Je reniflai machinalement en m'essuyant la lèvre supérieure d'un coup de langue. Le goût métallique du sang me ramena un peu à moi. J'entrouvris les yeux péniblement. Ma paupière boursouflée, collée par un début de coagulation, était tout engourdie. L'autre empoigna une canette en éructant. Il balança la capsule par terre près de mon visage, et m'abandonna, cassé, sur le carrelage, au milieu de mes plaies, des chips écrasées et des débris d'assiette.

Je n'osais plus bouger. Je craignais qu'il revienne mais surtout, je ne voulais pas que Lauren me découvre ainsi. Plus tard, elle m'a raconté qu'elle était restée prostrée sur son lit, en larmes, oreiller sur la tête pour s'empêcher d'entendre. Elle s'était approchée de la porte à pas de loup, avait regardé par le trou de la serrure et assisté à toute la scène. Elle avait plaqué la main sur sa bouche et hurlé en silence, comme quand elle avait cinq ans, dans mes bras, et que Maman s'écroulait contre la cloison. Cela m'avait pris des années pour rebooter sa mémoire et effacer cette douleur originelle.

J'espère qu'elle n'a plus conscience de ce que nous avons vécu et que son enfance s'est libérée des stigmates qui ont détruit la mienne.

Au bout de plusieurs minutes, je réussis à me remettre debout. Le sang coulait sur mon visage tuméfié, le long de mes bras, de mes mains. J'aperçus mon reflet dans la fenêtre. Un mort-vivant. J'étais sonné. Mes jambes titubaient sous le poids de mon hébétude. Les idées se bousculaient dans ma tête. Pourquoi m'était-il tombé dessus comme ça ? Au fur et à mesure que je reprenais conscience, la rage montait en moi. Soudain, elle explosa.

Je saisis un couteau dans le tiroir de la cuisine, celui que ma grand-mère nous interdisait d'ouvrir, et je déboulai dans le salon où l'autre avait retrouvé la misère de son existence. Je ne lui ai pas laissé le temps de dire ouf! J'ai attrapé ses cheveux gras et j'ai tiré en arrière. J'ai collé la lame sous sa pomme d'Adam. Il a lâché sa canette. Un fond de bière s'est répandu sur la moquette dans un gargouillis mousseux. Immobile, les ongles gravés dans les accoudoirs, il a murmuré « fais pas le con ! ».

Mais moi je ne savais pas ce que ça voulait dire « fais pas le con ». À quatorze ans, « fais pas le con » c'est méfie-toi des dealers qui rôdent autour du collège, des bandes qui te coursent le soir dans la rue, des junkies avec leurs seringues plantées jusqu'à l'os, la nuit, dans les ascenseurs de Cap Canaveral, mais pas de ton propre père. À quatorze ans, la réminiscence du bonheur est encore tenace, une gangrène d'espoir qui suppure régulièrement sous la haine. Tu as beau savoir que ton père est le dernier des salopards, tu revois les après-midi de balançoire, de glace à la vanille, de fous rires entre ta mère et lui quand ils s'aimaient et que l'avenir était plein d'horizons. Tu te rappelles qu'il l'embrassait doucement, d'abord dans le cou puis sur la bouche, et qu'elle s'en amusait et faisait semblant de le repousser. Les années passant, tu as enseveli ces souvenirs sous une colère sourde, pour oublier mais surtout parce que tu t'en veux d'avoir un jour voulu lui ressembler quand ce serait ton tour d'être un homme. Lui, qui était la mesure de toute chose, est devenu la misère de chaque instant. Tu t'en veux qu'il ait été beau, fort et d'avoir été fier de lui ; qu'il ait possédé ce corps ferme, athlétique, musclé que tu adorais et sur les épaules duquel tu dominais les autres promeneurs au parc. Ce corps invincible de boxeur qui te rassurait, comme le serment que vous ne seriez jamais en danger, ta mère, toi puis ta sœur quand elle naîtrait. Ce corps qui s'était retourné contre vous à mesure que les circonstances s'étaient acharnées contre lui. Tout aurait été tellement plus simple s'il avait toujours été cette charogne qui pue dans le salon, si ta mère n'avait pas continué à l'aimer malgré les coups, si tu t'étais autorisé à le détester, même aujourd'hui, même quand il cogne. Mais tu ne sais pas détester, tu crois que tu sais mais tu ne sais rien. Non, tu ne sais rien. Et encore moins quand tu serres le manche d'un couteau dans ton poing pour la première fois.

Claire a raison, l'enfance reste l'enfance, qu'on la chérisse ou qu'on la maudisse, mais à quel foutu moment bascule-t-elle de l'un vers l'autre ? Quand ta mère n'est plus là pour amortir les coups ? Quand tu te plies en deux et que tu te laisses tabasser, tabasser, tabasser jusqu'à ce qu'il ait eu sa dose ? Quand tu es rassuré parce qu'il est trop bourré pour se déchaîner sur ta sœur ?

Je pleurais. Je reniflais mon sang et ma douleur. J'ai appuyé sur la lame. J'ai appuyé avec ce tout qui me restait de désillusion. Il ne mouftait pas. Il savait qu'au moindre geste brusque, tout pouvait déraper. Sa pomme d'Adam montait et descendait sous la pression aiguisée de l'acier. Il déglutissait de trouille.

La télé gueulait, comme tous les soirs quand on essayait de faire nos devoirs et qu'il s'en foutait bien. Depuis la mort de ma grand-mère, je me chargeais des courses pour qu'on ait de quoi bouffer. J'étais obligé de quémander du fric chaque semaine, de m'assurer qu'il ne claquait pas tout, les jours de paye. Plusieurs fois il avait cramé la moitié de son salaire sur un site de casino en ligne. J'ai pensé, tout le monde s'en foutrait si tu disparaissais. On se débrouillerait sans doute mieux sans toi. Que tu sois là ou pas, qu'est-ce que ça change ? Rien. Sauf l'angoisse qu'un jour tu t'en prennes à Lauren. Cette angoisse-là s'évanouirait enfin. J'ai pressé un peu plus fort sur le manche. La lame a fait couler un mince filet rouge le long de son cou hirsute. Le coton crasseux de son t-shirt a tout absorbé. Il a répété, « fais pas le con ! ». Ça me faisait du bien de le voir flipper, de l'entendre implorer, lui qui n'en avait rien à foutre quand ma mère le suppliait. Il fallait que je trouve le moyen de continuer à vivre ici et de percevoir ses allocs chômage. Me débarrasser du corps aussi. Pour les allocs, j'avais appris très tôt à falsifier sa signature, mais comment faire pour qu'on nous verse l'argent toutes les semaines sans qu'il se présente en personne ? On pourrait sans doute attendrir les dames du *job centre* au début, en se relayant avec Lauren pour leur expliquer que notre père était souffrant, mais la supercherie serait vite démasquée. On enverrait quelqu'un pour vérifier. On le retrouverait clamsé dans son fauteuil, la gorge béante depuis plusieurs semaines, le corps en début de décomposition devant la télé qui serait restée allumée pour ne pas alarmer les voisins. Ça finirait par puer dans tout l'étage. La police s'en mêlerait et puis les services sociaux. Je me retrouverais en tôle et Lauren serait placée en foyer, peut-être même adoptée par une famille à l'autre bout de Londres. Et je ne la reverrais jamais. Ils ont fait ça à une mère camée au troisième étage. Ils lui ont arraché son gosse et l'ont fait adopter pendant qu'elle finissait de se déglinguer en désintox.

J'avais souvent hésité à me barrer. Après cette raclée-là, j'aurais dû. Pav ou Ben m'auraient planqué. Mais je ne pouvais pas laisser Lauren toute seule avec l'autre. Elle était trop petite. Si je me sauvais, je la condamnais et cette idée m'était insupportable. Alors j'ai fait glisser la lame doucement dans la chair trempée de panique de son cou. L'entaille s'est élargie. Le sang a coulé un peu plus. Je lui ai murmuré à l'oreille, tout en tenant fermement le couteau au même endroit, « tu me touches encore une fois ou tu lèves la main sur Lauren, même pour lui caresser les cheveux, et je te crève ». Il s'est mis à chialer comme une merde et s'est pissé dessus, prostré dans son fauteuil, son t-shirt dégueulasse maculé de sang et sa sale gueule puant la trouille et l'alcool.

À quatorze ans je suis devenu l'homme auquel il avait renoncé.

Il a cessé d'être mon père.

Il est devenu l'autre.

15

Depuis cet épisode, je garde un couteau de cuisine dans un tiroir de notre chambre, sous la photo floue de ma mère. Je doute que l'autre ose me frapper un jour de nouveau mais mieux vaut prévenir que guérir, comme dirait Claire. On ne s'adresse quasiment jamais la parole, lui et moi. Le niveau de tension est insoutenable quand on se retrouve dans la même pièce. Lauren ne le supporte pas et s'enferme dans notre chambre. Moi aussi, quand elle n'est pas là. Je mets le cadenas pour qu'il ne m'emmerde pas.

Maintenant qu'il a retrouvé du travail, il se rend sur ses chantiers tôt le matin. Heureusement. Nous le croisons à peine. Deux soirs par semaine, je fais la lecture à Claire, ce qui m'épargne de tomber sur lui. Le week-end, je passe le samedi avec mes potes puis chez Claire. Lui perd tous ses dimanches après-midi à l'académie de billard, à picoler.

Après la raclée, j'étais resté cloîtré plusieurs jours, le temps que ma tronche d'*elephant man* désenfle. Aucun prof ne m'avait fait la moindre remarque quand j'étais retourné au collège. J'avais fourni un mot signé de l'autre : accident de vélo. Je n'ai même pas de vélo. Bien entendu j'avais falsifié sa signature et Ben avait corrigé l'orthographe. Pas trop pour que ce soit crédible. Les séquelles étaient visibles mais comme mon histoire tenait la route, on m'avait foutu la paix. Et quand bien même le collège aurait eu un doute, on aurait soupçonné un règlement de comptes entre bandes rivales. Ils préviennent rarement les services sociaux. Sauf s'il s'agit d'une fille. Ou d'un moins de douze ans. À quatorze ans, ça ne les inquiète plus. Ou plutôt ça les inquiète trop ; la bande qui a dézingué leur élève pourrait bien dézinguer leurs gosses s'ils caftaient aux poulets.

Le sourire de Pav, au sortir du confessionnal, éclaire ce minuscule recoin du monde où les péchés perdent leur perpétuité. Les Polonaises s'écartent dans une haie d'honneur, le remercient une fois de plus d'être si gentil, si beau, si blond, si polonais. Elles lui sourient, lui caressent affectueusement le bras, l'embrassent, battent des paupières et se trémoussent sur son passage. Il s'attarde imperceptiblement devant celle que j'ai déjà remarquée. Au bout de quelques minutes, il s'extirpe de toute cette admiration pour nous rejoindre sur notre banc, les yeux discrètement levés vers le ciel.

— Qu'a dit le prêtre ?

— Sortons d'abord d'ici, les mecs. Les murs ont des oreilles.

Nous le suivons sans prononcer un mot. Ensemble nous nous éloignons de l'église par la rue principale. Toutes les boutiques sont polonaises ici, comme si nous avions traversé la moitié de l'Europe d'un coup de métro et émergé en plein cœur de Varsovie. Il y a des cafés polonais, des restaurants polonais, une banque polonaise, une école polonaise, une maison de retraite polonaise et évidemment l'église polonaise. Le père Wisniewski connaît bien Eva mais a refusé de révéler son adresse. Il a félicité Pawel pour son honnêteté et lui a dit qu'il était content d'apprendre qu'Eva était enfin sortie de chez elle. Elle a refusé de partir en vacances avec ses parents et son petit frère. Pawel ne voulait pas que les autres Polonaises l'entendent nous raconter tout ça – « Le téléphone arabe fonctionne très bien chez les Polacks. Elles auraient vite fait de tout déformer ».

Nous aboutissons devant une épicerie, polonaise elle aussi. Le prêtre pense que le plus simple, c'est de confier le sac à la caissière. « Tous les gens du quartier font leurs courses ici, explique Pav, Eva passera sûrement ce soir. » De l'extérieur, ça ne ressemble pas trop à une épicerie. Il n'y a pas de vitrine, ou plutôt celle-ci est recouverte d'un immense autocollant opaque, rouge et blanc, « les couleurs du drapeau polonais », précise Pawel quand Ben lui pose la question. Toutes sortes de mots bizarres se juxtaposent sur la devanture : *Mała Polska, Świeża Kawa, Wędliny, Książki, Mrożonki, Surowe*

Mięso. Pav nous précède à l'intérieur. Il s'agit plutôt d'un supermarché qui vend un peu de tout : des aliments polonais, mais aussi des journaux, des livres en polonais, de la viande polonaise, du pain polonais. J'ignorais tout de cette Petite Pologne à Londres.

— On a rebaptisé le quartier Balham-ski entre nous, rigole Pav. Ma mère ne s'approvisionne qu'ici.

— Comment ça ?

— Elle ne met jamais les pieds dans un supermarché anglais, mec, notre argent reste dans la communauté.

On approche de onze heures. Le magasin regorge de monde, principalement des ouvriers en bâtiment, cheveux couverts de poussière de plâtre et doigts maculés de peinture. Leurs paniers débordent de toutes sortes de charcuteries, de fromages, de petits pains et de mini bouteilles de vodka.

— Qu'est-ce qu'on fout là ? demande Ben. L'alcool et les saucisses de porc, c'est pas vraiment mon truc, Pawel !

— Donne-moi le sac d'Eva, tu vas voir.

Pas de caisses automatiques ici. La caissière demande ce qu'on cherche. Pav me pointe du doigt et montre le sac à main. Il raconte en polonais comment celui-ci s'est retrouvé en notre possession. Enfin, j'imagine. Ça n'a pas l'air d'intéresser la bonne femme, dont l'œil paresseux compte, entre deux soupirs appuyés, le nombre de personnes derrière nous dans la queue. Elle fait non de la tête avant même que Pav n'enchaîne les questions, « *nie, nie, nie* », jusqu'à ce qu'il lance le nom d'Eva.

— *Eva Cerwinska ? Tak, znam ja.*

— Elle la connaît, chuchote Pav. Eva habite à deux pas d'ici, en face de chez elle.

Trop contente de se débarrasser de nous pour s'occuper des clients qui s'accumulent et dont certains n'ont pas attendu pour entamer leur bouteille de vodka, elle griffonne l'adresse sur un vieux ticket de caisse qu'elle tend à Pawel.

— Efficacité polonaise, se rengorge-t-il quand nous nous retrouvons sur le trottoir. On y va ?

— Quelle heure il est ? Merde ! Onze heures et quart ! J'suis à la bourre ! s'écrie Ben. J'peux pas rester, les mecs, je dois rencontrer le journaliste du Guardian avec qui Cosima m'a branché. Vous m'direz !

— Attends, tu déconnes ? Tu veux pas voir à quoi elle ressemble ? demande Pav goguenard.

— Promettez-moi que vous allez bien lui rendre son sac, et tout ce qu'il y a dedans, insiste Ben avec sérieux. Je compte sur toi, ajoute-t-il.

Il me désigne du menton.

— T'inquiète mec, dis-je en récupérant le sac des mains de Pawel.

Check du poing entre nous trois. Ben disparaît au coin de la rue. Pav a déjà sorti son téléphone. Les yeux rivés sur le papier de la caissière, il tape l'adresse d'Eva. Ce n'est pas loin, cinq minutes de marche. Je ne sais pas comment lui dire, mais je n'ai aucune envie qu'il m'accompagne. J'ai vu Eva en premier. J'aurais pu balancer son sac dans une benne à ordures. Pav l'aurait fait, lui, et si ça se trouve il aurait vidé son compte en banque avant s'il avait trouvé le code de sa

Visa. Je peux lui rapporter ses affaires tout seul. Je n'ai pas besoin de son aide.

Il s'est déjà mis en route. Je lui emboîte le pas en me reprochant de m'écraser. Je n'ai qu'à lui dire, simplement : Pav, j'ai pas envie que tu viennes. Tu t'en fous toi, avec ta gueule d'acteur, t'as toutes les filles à tes pieds. Et leurs mères avec ! Eva t'intéresse pas, c'est juste une meuf de plus. Je sais ce que tu cherches ; tu vas faire le paon, comme à chaque fois, et en polonais en plus ! Et moi je serai là, comme un con, accroché à ce foutu sac à main, à pas savoir quoi faire, quoi dire ni où aller. À balbutier deux mots en anglais, pour expliquer la situation quand il y'a rien à expliquer. À avoir l'impression de faire quelque chose de mal, de mentir, alors que depuis que je l'ai aperçue, je ne pense qu'à elle, à sa vie dont je fais partie malgré moi depuis ce matin.

Mais je me tais.

Nous marchons cinq lentes minutes. Tête baissée, je marmonne derrière lui toutes ces vérités qu'on retient par amitié. Les passants me regardent d'un drôle d'air parce que je parle tout seul. Ils se demandent sans doute aussi ce que je fous à serrer un sac à main contre moi comme un trésor.

Nous arrivons devant une immense maison victorienne qui a dû être majestueuse. On l'a repeinte en bleu pâle pour masquer, sous une couleur unie, les briques qui s'effritent. Une haie basse isole le jardinet du reste de la rue. Les poubelles s'y entassent en vrac. La plupart gisent sur un reste de gazon pelé, couvercle arraché, au milieu de sacs éventrés la nuit précédente par des renards pilleurs. Un promoteur audacieux, comme dirait Claire, a découpé la maison en appartements, chacun relié à un interphone. Au rez-de-chaussée, les voilages ternes d'un bow-window jouent les cache-misère. Je pose le sac le long d'une jardinière qui attend l'été sur le rebord de la fenêtre et appuie mon regard contre la vitre. Pav colle le sien à ma gauche. Les carreaux sont dégueulasses. Je plisse des yeux pour mieux voir à l'intérieur. La moquette, couverte de taches brunâtres, s'anime sous l'effet d'un courant d'air qui fait virevolter les moutons de poussière. On a oublié un verre de vin rouge, à moitié vide sous sa pellicule de moisi, par terre devant un canapé moucheté de trous de cigarettes. Un cendrier, débordant de mégots, semble fixé à l'accoudoir. Des chaussettes dépareillées, des culottes, des soutiens-gorge, des t-shirts roulés en boule et deux pantalons retournés jonchent le sol par endroits. Au fond on aperçoit un étendoir écrasé de linge et une porte entrouverte sur la chambre. La couette s'avachit au pied du lit. Je m'entends dire, « c'est pas chez elle ».

— Qu'est-ce que t'en sais ?

— Une intuition.

— Je crois que t'as pas tort, jamais une Polack se laisserait aller au point de vivre dans une telle porcherie ! Ça c'est de l'Anglaise !

— Eh oh ! Oublie pas que je suis anglais, mec !

— Calme-toi, je dis ça surtout à cause du verre de vin. Les Polonaises carburent à la vodka.

Pawel a raison. Tous les noms sur l'interphone sont anglais sauf un qui est manifestement polonais, mais ce n'est pas celui d'Eva.

— Cette conne de caissière avait tellement hâte de se débarrasser de nous qu'elle a noté son adresse au lieu de celle d'Eva sans même s'en rendre compte, s'énerve-t-il. Regarde sur l'interphone, c'est le même prénom que sur son badge, Teodozja. Attends, elle a pas dit qu'elle habitait en face de chez Eva ?

Je suis surpris que Pav ait remarqué le badge de la caissière et agacé qu'il se permette de la traiter de conne. Du temps où nous chapardions encore au supermarché, il triomphait souvent – « cette conne de caissière n'y a vu que du feu ! » – ce qui me poignardait le cœur. Ma mère se faisait-elle insulter par les Pawels du quartier où elle trimait, elle aussi ? Les violences quotidiennes – mépris de la direction, morgue des clientes, relances de la banque, dérouillées alcoolisées de l'autre – ne s'acharnaient-elles pas suffisamment sur elle pour que des merdeux de l'âge de son propre fils s'abstiennent de l'injurier dans son dos ?

Jamais je n'aurais cependant risqué de mettre en danger notre amitié en exigeant de Pawel qu'il garde pour lui ses insultes. J'aurais trop craint qu'il m'abandonne, lui aussi.

16

Pav avait raison, la caissière a machinalement noté sa propre adresse sur le papier qu'elle lui a tendu, tout en précisant qu'Eva habitait en face. Il a déjà traversé la rue et me fait signe de le rejoindre devant une coquette maison aux fenêtres peintes en gris. Le doigt fièrement pointé vers la plaque en métal qui surplombe la sonnette, il bombe le torse en lisant, « Andrew Cerwinski, Architecte ». Je sonne, bien que je sache que ça ne sert à rien. Pawel se tient debout derrière moi, visage tendu vers l'interphone, prêt à embobiner Eva en polonais.

— Elle est pas là.

— Essaie encore, insiste Pav.

— J'te dis qu'elle est pas là !

— Les femmes ça fait toujours ça, affirme-t-il avec aplomb.

— Quoi ?

— Elles te font croire qu'elles sont pas disponibles alors qu'elles rêvent de sortir avec toi.

— Arrête de te la jouer Pav ! Qu'est-ce que t'en sais ?

La première fois que Pav et moi avons maté un film porno ensemble, nous avions onze ans. Il avait piqué la tablette de son frère Viktor. Ce dernier avait effacé son historique et nous n'avions aucune idée de par où commencer. Quels mots-clefs taper dans le moteur de recherche quand on n'y connaît rien ? Porno, c'était trop générique. Une multitude de sites se battaient à coups de XXX pour arriver en tête de liste. Pav m'a demandé de lui donner une idée, histoire d'affiner notre recherche. « Vas-y, balance ce qui te passe par la tête quand tu penses à ça. » Le problème c'est que je ne pensais jamais à « ça ». J'avais onze ans, une mère en fuite, un père alcoolique et violent et je partageais une chambre avec ma grand-mère et ma petite sœur de huit ans. Les seuls souvenirs de « ça » qui esquintaient ma mémoire, j'avais davantage envie de les oublier que de les revivre par écran interposé. Pav a renchéri, « Qu'est-ce t'attends ? Vas-y, balance ! Gros nichons ? Pipe ? MILF ? » Alors j'ai lâché le premier mot qui m'est venu. J'ai dit « viol ». Il m'a regardé avec ses yeux de onze ans qui hésitaient entre choc et excitation. « Bah mon salaud ! » J'ai senti le feu me monter aux joues. C'était sa faute aussi, à me mettre la pression comme ça. J'ai dit n'importe quoi pour le faire réagir. « Vas-y, tape gros nichons si tu préfères, mec ! » J'avais beau chercher dans tous les recoins de mon cerveau, rien d'autre ne me venait spontanément à l'esprit. Pav avait ri de gêne, avant de taper le mot que je lui avais soufflé dans le moteur de recherche, de cliquer sur « vidéos », puis sur la première du lot.

Un groupe de filles remontait une ruelle jusqu'à un taxi. Elles s'engouffraient dans la voiture sauf une qui restait seule au pied d'un échafaudage pendant que le taxi s'éloignait. Un gros plan s'attardait sur trois ouvriers qui la reluquaient. L'un d'eux la sifflait. La fille lui faisait un doigt qu'elle suçait langoureusement. Regard méchant de l'ouvrier. Il posait la main sur son entrejambe et lançait un signe de la tête à la fille. Elle haussait les épaules et continuait sa route. Le mec se tournait alors vers ses potes qui avaient tous les deux déjà agrippé leur braguette. Ils descendaient ensuite une échelle à toute vitesse et talonnaient la fille jusque chez elle. La scène suivante, tout le monde était à poil dans ce qui devait être sa chambre à elle parce que les murs étaient roses. La culotte de la fille pendait, déchirée, sur l'une de ses chevilles. Elle avait gardé ses chaussures à talon. L'un des mecs la punaisait fermement au lit par les poignets, pendant qu'un autre la prenait brutalement et que le troisième lui défonçait la bouche sans demander son reste. La fille avait beau gueuler non, ses protestations ne faisaient qu'encourager les trois molosses qui la pilonnaient, yeux révulsés, muscles saillants comme des athlètes dopés. Ils plaisantaient et rigolaient entre eux dans une langue étrangère – du hongrois d'après Pav – sans prêter la moindre attention aux hurlements de leur victime dont les seins remuaient dans tous les sens sous leurs assauts répétés. Les violeurs échangeaient leurs places toutes les cinq minutes et se tapaient des *high five* suivis de conseils, toujours en hongrois mais sous-titré cette fois. La fille ne réagissait plus, ne bougeait plus. Elle ne suppliait même plus non plus, comme ma mère qui au bout d'un moment, épuisée d'implorer l'autre, le laissait faire ce qu'il voulait d'elle, sans doute pour écourter sa torture.

Quand l'autre m'a rossé il y a quatre ans, qu'il m'a écrasé sur le carreau au milieu des chips au vinaigre et des débris d'assiette, j'ai songé à ce qu'elle avait subi. Ma douleur et la sienne se sont fait écho et j'ai compris. J'ai compris que si la soumission est une condition de survie devant la brutalité, courber le dos ne suffit pas pour s'en sortir. Non. Encaisser les coups est une chose – cela permet d'abréger la violence faite au corps – mais la destruction la plus profonde, celle dont on ne se relève jamais, c'est celle infligée à l'âme. À moins de parvenir à la dissocier de la destruction physique. L'autre violait le ventre de ma mère, lui imprimait des bleus sur les poignets, mais elle extirpait son âme, la déconnectait de son corps, afin de survivre dans un ailleurs momentané – comme j'y étais parvenu moi aussi quand l'autre m'avait frappé – un ailleurs que la mémoire bloque ensuite, autant que se peut, pour ne pas sombrer dans la folie. Ce n'est pas par faiblesse que ma mère se laissait abuser ; elle réfugiait consciemment sa liberté dans un recoin de son esprit. Aucun supplice corporel ne l'emprisonnerait jamais. Et si elle a tout laissé derrière elle en fuyant, c'est justement pour préserver cette liberté. Et enfermer la nôtre. C'est ce que j'ai compris ce jour-là ; le jour de ma raclée.

L'autre avait beau cogner, mon esprit ne romprait pas. Au contraire. Mais, à la différence de ma mère, je ne fuirais pas. Je ne plierais pas. Je ne me laisserais plus faire. Ce n'est pas la peur que l'autre a plantée en moi à coups de talon ce jour-là, mais le germe de la vengeance.

De temps en temps l'actrice émettait un gémissement qu'on entendait à peine sous les rires gras des Hongrois. Je n'avais pas supporté de la voir inerte, sous le mépris de ses trois agresseurs et des cent soixante-treize mille voyeurs complices qui avaient déjà maté la vidéo en ligne. J'avais arraché la tablette des mains de Pav et l'avais jetée par terre. L'écran s'était pulvérisé. Je n'avais pas eu besoin d'expliquer mon geste. Pav habite l'appartement juste au-dessous du nôtre à l'Eden. Toute son enfance, il a entendu, malgré lui, la brutalité alcoolisée que subissait ma mère. Le père de Pav avait d'ailleurs coincé l'autre à Cap Canaveral un matin et l'avait menacé de lui apprendre la douceur s'il entendait encore une fois des cris. Il avait eu du cran parce que la carrure de l'autre est impressionnante. Un soir, des voisins avaient appelé la police mais, le temps qu'elle arrive, ma mère était passée à la salle de bains, avait laissé couler l'eau du lavabo et avait rejoint Lauren dans son lit. Devant les flics, elle avait tiré sur ses manches et mis l'inquiétude des voisins sur le compte du fort accent de Glasgow de son mari, qui pouvait donner l'impression qu'il était en colère, mais que c'était juste une petite dispute de couple. Rien d'alarmant.
Elle s'était enfuie le lendemain.

Pendant des années, Pav avait continué de se la jouer macho. Quand il piquait une bouteille de vodka au supermarché et qu'on la picolait derrière le local à poubelles de l'Eden, il se la racontait et prétendait qu'il n'était plus puceau. On avait treize ou quatorze ans et aucun d'entre nous n'avait jamais osé même adresser la parole à une fille autrement qu'en l'agressant verbalement au collège.

C'est à cette époque que Pav s'était créé un compte sur Tinder avec l'identité de Viktor. Il passait son temps à nous montrer des filles qui ne se seraient jamais intéressées à lui, tellement il faisait gamin. Les photos de son frère en attiraient un maximum. Pav faisait défiler leurs profils et enchaînait les poncifs sexistes. L'une était trop bonne, l'autre avait une bouche de suceuse ou bien les yeux qui sentaient le cul. Ben s'énervait parce qu'il savait que jamais ni ses parents, ni ceux de Pav n'auraient toléré ce genre de langage ou d'attitude. Viktor polluait la tête de son frère de vulgarités, pour se marrer ou par bêtise, parce qu'à l'époque Viktor cavalait après la couronne du roi des cons. Malheureusement Pav n'était pas loin du podium non plus et son crâne était si petit que ce genre de conneries avait tendance à prendre toute la place. Ben ne buvait pas, question de religion. Moi, je tenais mal l'alcool malgré mon atavisme paternel. Au bout de deux gorgées de vodka je boguais et ne prononçais plus un mot. J'avais appris à faire semblant quand Pav me tendait la bouteille. Je la lui rendais dans un soupir de soif étanchée, feint de satisfaction. Souvent, les premières fois, j'avais dégueulé derrière les poubelles, au milieu des vomis de kebab que les ivrognes lâchaient là en rentrant de leur beuverie, le samedi soir. Pav recyclait le machisme débile de son frère à mesure que descendait le niveau de la bouteille. « Quand elles disent non, ça veut dire oui. » Une fois de plus je m'écrasais, laissant à Ben et à sa sobriété le soin de le traiter de connard.

— On va pas passer la journée à sonner à la porte de cette Eva. Je préfère pas insister Pawel, je reviendrai plus tard.

Il m'arrache le sac des mains et en retourne le fond à la recherche des clefs. Je panique.

— Hors de question de pénétrer chez elle comme ça !

— Du calme, on est pas là pour cambrioler, on va juste poser son sac dans le salon. Tu veux quand même pas le laisser devant la porte ?

— Et qu'est-ce qu'on racontera si elle débarque ? dis-je, inquiet. Ou ses parents ! J'ai aucune envie que sa famille nous tombe dessus.

— Relax mec, le prêtre a dit qu'ils étaient en vacances, tu t'souviens ? Et puis de toute façon, aucun risque qu'elle entre ici sans son trousseau de clefs. Si elle fait venir un serrurier, le temps qu'il crochète la porte, on aura vite fait de se casser par la fenêtre.

Pav a déjà repéré que la gouttière de l'étage est praticable. Je ne sais pas quoi lui objecter. À quoi bon ? Il a toujours réponse à tout. Nous n'avons jamais été en concurrence pour les filles. À vrai dire, je n'en ai jamais vraiment intéressé aucune – enfin, aucune qui aurait pu plaire à Pawel – mais mon instinct m'a toujours soufflé que, si un jour j'en regardais une de près, il placerait sa belle gueule entre nous. Et si, par miracle, elle me préférait à lui, il prétendrait, avec dédain, qu'elle est moche et qu'il me la laisse volontiers. Et à mon soulagement succéderaient l'insulte et l'humiliation.

La première fois qu'elle m'a coupé les cheveux, il y a presque deux ans, Karolina, la sœur de Pav, les a d'abord lavés. Elle venait d'ouvrir son salon. Elle avait dix-neuf ans, moi un peu plus de seize. Elle avait tellement insisté pour que l'on fasse ça après la fermeture que j'avais fini par accepter, surtout parce que sa boutique se trouve à Brixton, suffisamment loin de l'Eden pour que personne du quartier ne me repère. Dans l'immeuble, les hommes vont chez le barbier turc, jamais nous n'aurions l'idée de nous rendre chez une coiffeuse pour femmes.

Karolina m'a fait asseoir sur un siège bas, dos à un petit lavabo, puis est passée derrière moi. Elle a pris ma tête entre ses mains et l'a calée sur le rebord. Elle a ensuite ouvert le robinet, vérifié la température de l'eau, avant d'enfoncer ses longs doigts dans ma tignasse pour la démêler lentement. Elle a fait couler un peu de shampoing dans le creux de sa paume puis m'a massé le cuir chevelu en faisant pénétrer le liquide onctueux jusqu'à la racine. Elle chantonnait sur la *playlist* du salon tout en mâchant un chewing-gum à la fraise, son regard gris perdu dans le vide. Le crâne en arrière, j'ai découvert un monde radieux, inversé, peuplé de mannequins béats punaisés sur les murs du salon. La perfection des coiffures et des sourires figés n'avait littéralement plus aucun sens. Les bombes de laque, les tubes de crème lissante et autres pots de gel fixant pendaient tête en bas sous les étagères. Si un lapin blanc avec une montre était passé en courant, j'aurais été à peine surpris. Mon esprit rêvassait devant la courbe ferme de la poitrine de Karolina que son décolleté brodé laissait entrevoir. Elle ne portait pas de soutien-gorge. L'odeur discrète de sa transpiration et les arômes fruités de son chewing-gum se mélangeaient au parfum vanillé du shampoing. J'ai fermé les yeux, bercé par un fantasme de paradis aux palmiers foisonnants, peuplé de femmes aux seins nus alanguies sur une plage de sable doré, comme dans un tableau devant lequel je m'attarde souvent chez Claire. Les bracelets de Karolina s'entrechoquaient le long de ses poignets. Un léger tintement accompagnait le cheminement voluptueux de ses doigts dans mes cheveux. Parfois, un bracelet effleurait ma nuque. Le froid soudain du métal contre ma peau me tirait de ma rêverie. Au bout de quelques minutes, j'ai senti monter un début d'érection. Je me suis efforcé de le réprimer, terrorisé à l'idée que mon entrejambe ne me trahisse au moment de rejoindre le fauteuil où elle me couperait les cheveux. En dépit de mes ordres muets, le renflement et ma panique persistaient à prendre du volume. En me levant, j'aperçus dans le miroir une petite tache foncée et humide sur mon jean, à l'extrémité du galbe qui m'accusait. Les yeux de Karolina sourirent tandis que les miens la suppliaient de garder le secret. Ce qu'elle fit. Pav n'a jamais su que, ce jour-là, j'ai eu envie de sa sœur.

Il me tend les clefs d'Eva. La serrure ne veut rien entendre. C'est en tout cas ce que je lui fais croire. Pav prend des selfies sous tous les angles – avec moi accroupi en arrière-plan – plutôt que de me prêter main-forte. « Arrête tes conneries, merde ! Si tu mets ça sur Insta, Pawel, j'te préviens, t'es mort ! De toute façon, j'y arrive pas, c'est bloqué. On se casse. » Je glisse le trousseau dans ma poche et m'apprête à retrouver la rue. « Passe-moi cette clef, je vais essayer », ordonne-t-il. Je m'entends marmonner, « Mais puisque je te dis que j'y arrive pas ». Je me déteste de lui mentir mais je n'ai aucune envie qu'il introduise la clef dans cette serrure, pousse la porte et profane de son donjuanisme le sanctuaire d'Eva qui devrait n'appartenir qu'à moi. « On a fait tout ça pour rien alors ? » Pav me fixe, l'air déçu. Qu'est-ce que ça peut lui faire ? Si je ne l'avais pas arrêté, le sac d'Eva serait déjà au fond de la Tamise avec une pierre dedans. « C'est pas ça, t'avais l'air d'y tenir mec ! C'est normal de s'entraider, t'es mon meilleur pote, avec Ben. »

Quand Pawel sort des trucs pareils, j'en oublie à quel point il me tape parfois sur les nerfs. Son amitié, c'est du béton. Il y a peu de gens sur lesquels je peux vraiment compter ; personne en fait, sauf Ben et lui. Et Lauren. Et Claire bien sûr, qui répète d'ailleurs que les vrais amis sont ceux qui sont prêts à risquer leur peau pour la nôtre. Moi, le courage, je ne suis pas sûr d'en avoir assez pour que ma vie vaille le coup. Le cran de Claire, par exemple, de continuer à vivre après ce qui lui est arrivé, je ne sais pas si je l'aurais eu. Le courage de ma mère non plus ; nous planter parce qu'elle n'en pouvait plus de se faire rosser à longueur de journée, je ne sais pas si je l'aurais eu, ce courage-là.

Claire ne m'a jamais donné de détails sur ce qui s'est passé à Omagh. Je sais seulement qu'elle est restée de longues semaines à l'hôpital et n'a pas pu assister à l'enterrement de son mari et de leur fille. Si je lui posais la question, elle me répondrait sans répondre, comme toujours, un truc du genre : « Ce qui est fait est fait, pourquoi revenir dessus ? » ou bien « La tragédie c'est la vie. Lis Shakespeare, je te le dis assez souvent ». Mais au bout du compte, ça tient à quoi la tragédie ? À une minute ? La minute effroyable qui précède l'apocalypse. Celle où Claire a tenu la main de son mari et de sa fille pour la dernière fois par exemple. Ou celle où j'ai vu ma mère sur un quai de gare pour la dernière fois. Cette minute-là, que je croyais avoir oubliée, cogne dans ma mémoire depuis ce matin. Un jour où le spleen prenait le dessus j'avais posé la question à Claire. Est-ce qu'on s'habitue ? À la tragédie. Au manque. À la douleur.

— Pour certains, la tragédie est un frein. Pour d'autres, c'est un moteur, m'avait-elle répondu.

— Encore une de vos réponses énigmatiques !

— Pas du tout. Soit tu estimes que ta vie ne vaut plus le coup, soit au contraire tu décides qu'il est temps de la vivre pleinement.

— Facile à dire !

— J'avais une amie à Cambridge. Ses parents avaient réchappé à l'Holocauste et possédaient une joie de vivre exceptionnelle et un sens de l'humour plus contagieux que n'importe quel virus. Un jour je leur ai demandé d'où leur venait cette nature, eux qui avaient vécu l'inimaginable.

— Ils ont répondu quoi ?

— Qu'au retour des camps, il y avait deux types de rescapés : ceux qui n'étaient pas morts là-bas et ceux qui étaient revenus à la vie ici.

— Je ne vois pas la différence, avais-je dit.

— Les premiers ont survécu, mais ils ont passé le reste de leur vie comme des morts-vivants. Ils n'ont jamais retrouvé l'étincelle qui s'était éteinte là-bas. Ils ont cessé de rire, d'oser, d'espérer. De vivre.

— Et les autres ?

— Ils se sont servis de cette tragédie pour vivre leur vie à deux cents pour cent et lui donner un sens. Ils ont tout tenté, tout vécu parce qu'ils savaient ce que c'était que la tragédie.

— Ça n'efface rien.

— Non. Jamais. Mais ne confonds pas déclencheur et tragédie.

— Comment ça ?

— L'abandon, la trahison, la maladie, le handicap, la prison, la mort de ceux qu'on aime, tout ça ce sont des déclencheurs. La tragédie c'est ce qui arrive ensuite, cette impression d'être enfermé pour toujours.

— Ça veut dire quoi ?

— Que le temps peut atténuer nos tragédies, pas nous en débarrasser.

— Nos tragédies ?

— Qui n'en a pas ? avait murmuré Claire. Il ne tient qu'à toi que la tienne devienne un point de départ, plutôt qu'un point final.

Je tourne la clef avec insistance. La porte de la maison

d'Eva s'ouvre enfin. Pav me pousse à l'intérieur. « Ça fait suspect si on nous voit trifouiller la serrure depuis la rue. » L'alarme se déclenche tout à coup et le décompte des bips me paralyse de panique. Pav m'arrache les clefs des mains et se dirige vers un petit boîtier accroché au mur contre lequel il plaque un badge accroché au trousseau. Le signal sonore s'arrête. Nous restons figés, comme deux imbéciles dans l'entrée que les vitraux anciens de la porte inondent de rouge et d'or. *High five* muet de Pav. Il a l'habitude de ce genre de gadget, à force de suivre son père sur les chantiers. Il fait un pas vers l'intérieur, tout en commentant.

— Dis donc, elle se fait pas chier ta copine, t'as vu la baraque !

— On n'a pas le temps pour ça, Pav ! On laisse le sac et on décampe.

— Bon, en même temps, c'est normal qu'elle vive dans un palais, son vieux est architecte, poursuit-il sans prêter la moindre attention à mon anxiété.

Je ne réponds pas. Je n'ai aucune envie de m'éterniser ici. J'avance un peu plus loin dans la maison à la recherche d'un fauteuil sur lequel abandonner le sac d'Eva. Une grande pièce s'ouvre sur le côté de l'escalier. Un salon immense remplit l'espace d'un bout à l'autre. Dos à la fenêtre, un large canapé turquoise semble ouvrir les bras. Une multitude de coussins en atténue la couleur vive. La table basse accueille un grand livre sur l'architecture américaine de l'entre-deux-guerres, d'après le titre. Une paire de fauteuils dorés répondent au canapé. Je pose le sac d'Eva sur l'un d'entre eux. Deux cheminées richement décorées de carrelages aux motifs floraux – « typiquement victoriens », précise Pawel – encadrent une bibliothèque qui déborde de centaines d'ouvrages. Une longue table en garde l'accès. On y a consulté tout un tas de livres récemment sans prendre soin de les ranger. Certains sont ouverts, à l'envers, en pile, cornés, comme si on passait ses journées à en tourner les pages. Et moi qui pensais qu'il n'y avait que Claire pour vivre ainsi au milieu des livres. Je m'approche. Que des romans ! Heathcliff côtoie Jackson Brodie, Miss Havisham, Robinson Crusoé ou Elizabeth Bennet. J'abandonne mon sac à dos sur la table et feuillette certains titres. Je reconnais ceux que Claire m'a fait lire. Les livres de l'étagère inférieure sont en langue étrangère. J'en tire un au hasard. « Pav, c'est du polonais ça ? » Il me prend le livre des mains. « Je crois que c'est du russe. Ils ont un nom polonais mais ils sont sans doute de la troisième génération, comme le père Wisniewski. »

Pav a déjà disparu dans la cuisine, de l'autre côté de grandes portes doubles. Celle-ci donne sur un jardin profond ; gazon tondu au cordeau, parterres de fleurs parfaitement entretenus, terrasse en teck meublée d'une grande table, de chaises grises et de deux parasols chauffants, comme dans les cafés classe au-delà du pont ferroviaire. « Il y a du fric ici, constate Pav, c'est du travail de jardinier professionnel ça. » La cuisine est grande comme une fois et demie notre appartement de l'Eden. Une odeur de pain grillé y flâne encore. Sur le mur, près de la baie vitrée qui longe le jardin, trône un énorme écran plat devant lequel sont disposés un canapé et deux larges fauteuils en cuir. Un îlot central géant tente en vain de rectifier l'immensité de la pièce. Au bout de celui-ci, quatre tabourets de bar font face à une théière verte. C'est le seul objet qui rompe avec l'ordre méticuleux de la pièce. Pas d'assiette sale, ni de tasse ou de verre vide dans l'évier. J'imagine Eva ici ce matin, quelques minutes avant que nos vies ne se croisent à Clapham Junction. Je m'assieds à l'endroit où elle s'est sans doute assise, couvre de mes mains l'empreinte invisible des siennes, respire l'air qu'elle a respiré. Pawel tournoie au milieu de la cuisine en sifflant. « C'est pas mal chez ta copine ! T'as vu ? Ils ont deux fours ! Tu veux un cappuccino au lait d'avoine ? », demande-t-il en plaisantant devant une machine à café intégrée dans le mur. Le ventre de la théière est encore tiède. L'image d'Eva surgit dans mon esprit. Pav se laisse choir sur le canapé, serre un coussin contre lui et susurre « Eva, oh Eva ! ».

— Bon, ça suffit tes conneries Pav !

— T'es bien tombé en tout cas avec ta copine, mec.

— Arrête avec ça ! C'est pas ma copine, j'ai juste trouvé son sac. On va pas faire le tour du propriétaire non plus. On se casse !

— Attends, on n'est même pas allés dans sa chambre.

— T'es malade ?

— Bah pourquoi ?

— Parce que c'est pas chez nous !

— Mais on fait rien de mal, au contraire. On rapporte son sac à ta gonzesse.

— C'est pas ma gonzesse !

— C'est pas ta copine, c'est pas ta gonzesse, tu fais chier mec.

— Eva, elle s'appelle Eva.

J'hésite à balancer à Pav que la seule gonzesse que j'ai connue, comme il dit, c'est sa sœur, pour qu'il arrête de me prendre la tête avec Eva, mais je ne peux pas. Il m'en voudrait à mort.

Karolina venait de me laver les cheveux. Je m'étais immédiatement rassis en apercevant la tache sur mon pantalon dans le miroir. Le crâne encore humide et en broussaille, otage de ma propre humiliation, je me recroquevillais au fond du siège. Karolina mâchait son chewing-gum. Elle chantonnait sur la *playlist* dont elle venait d'augmenter le volume depuis son téléphone. Je restai assis, prêt à bondir vers la porte et à quitter le salon de coiffure aussitôt que mon entrejambe aurait dégonflé. J'étais paradoxalement aussi excité que mortifié par la situation. Cette torture s'accompagnait d'une étonnante volupté, ce qui m'intriguait. Karolina disparut dans un recoin de la boutique. J'en profitai pour tirer sur mon jean et pinçai par mégarde la partie de mes couilles où la peau est la plus fine. Je réprimai un cri en me mordant le poing. « *Fuck, fuck, fuck and fuck !* » Karolina me demanda si tout allait bien. Je mentis avec aplomb. Elle réapparut, une cape grise de coiffeur à la main qu'elle déploya sur moi avant de me frotter vigoureusement la tête à l'aide d'une serviette. Je me rassurai lentement en pensant que je me faisais des idées ; peut-être que, malgré son sourire, elle n'avait rien remarqué. Elle appuya sur une pédale qui redressa le siège d'un coup de pompe pour le porter à sa hauteur. Elle commença par me tondre la nuque. Elle orienta ma tête de droite à gauche de sa main ferme, vers l'avant, vers l'arrière, tout en époussetant furtivement les petits cheveux qui collaient à ma peau moite. Les grosses veines de mon cou, celles qui envoient le sang du cœur au cerveau, enflaient sous ces effleurements. Comment s'appellent-elles ces veines déjà ? Les carotides ? Non. Les jugulaires ? J'avais beau essayer de me concentrer sur un lointain cours d'anatomie dans l'espoir de distraire mon attention, ma tête bourdonnait comme un essaim d'abeilles. La gêne ruisselait le long de mon front, rouge de désir. Je sentais mon cœur s'emballer. Il luttait pour irriguer à la fois un cerveau qui ne répondait plus et la bosse dans mon pantalon qui répondait trop. Mes muettes supplications n'y faisaient rien, je bandais de plus belle. Au moment de me tondre les tempes, Karolina pressa sa poitrine ferme contre mon épaule. Un léger effluve de transpiration vanillée émana de son aisselle. Les poils de mes bras se dressèrent dans une chair de poule dont le délice m'étonna. Karolina saisit les ciseaux et coinça une mèche de mes cheveux entre son index et son majeur. « Je t'en laisse un peu sur le dessus, ça te va ? » Je balbutiai que oui et enfonçai les ongles dans le skaï des accoudoirs. Je fermai de nouveau les yeux. Une fois terminé, elle ébouriffa le haut de mon crâne. « Ça te plaît ? » J'émis un borborygme que le bruit du sèche-cheveux couvrit charitablement. « Du gel ? De la mousse ? » Je la laissai choisir. « Alors un peu de mousse, ça aura l'air plus naturel. » Elle agita la bombe aérosol puis pressa lentement sur l'embout jusqu'à ce qu'une petite noix molle et blanche se forme dans le creux de sa paume. Elle se frotta les mains voluptueusement en étirant la mousse du bout des doigts puis les passa énergiquement dans ma toison pour la façonner. « Voilà ! T'es beau comme un joueur du Liverpool F.C. » Elle me caressa l'épaule, arracha les velcros de la cape puis appuya sur la pédale du siège. Je redescendis de plusieurs centimètres. J'hésitai toujours à me lever. Karolina prit un ton malicieux. « Quelque chose ne va pas ? » A aucun moment elle n'avait été dupe.

— Tu vas rester longtemps comme ça ?

— Comme quoi ?

— À bander en douce, enfin, en douce...

— C'est toi aussi ! À me mettre tes seins sous le nez !

— Mignon comme t'es, ne me dis pas qu'aucune fille ne t'a jamais mis ses seins sous le nez.

— Non, enfin si. Enfin non. Elles n'ont d'yeux que pour ton frère.

— Mon frère est un con.

— Lequel ?

— Les deux, mais Pawel est médaille d'or. Il s'imagine que mon père et mon oncle vont lui offrir un boulot sur un plateau comme à Viktor. Il est persuadé qu'il s'en sortira toujours grâce à sa belle gueule.

— Avec les filles, ça marche !

— C'est ce qu'il te fait croire mais il se branle encore dans les toilettes. Quel âge t'as ?

— Seize ans, comme lui.

— Et toi aussi, la branlette ça y va ?

— Oui, mais moi c'est sous la couette.

Le rire de Karolina explosa d'un coup. Il rebondit d'un mur à l'autre de la boutique dans un tourbillon contagieux qui m'attira dans son sillage. Ses jolies dents, que je n'avais jamais vraiment remarquées, se découvrirent comme pour rattraper les notes aiguës. Son corps entra dans une espèce de transe d'hilarité qu'elle semblait incapable de contrôler. Entraînés dans cette cadence déjantée, ses seins menaçaient de quitter la broderie souple qui les retenait à peine. Nos fous rires s'enlacèrent pendant une bonne minute, flirtant avec l'unisson, poursuivant chacun de son côté, puis entrant de nouveau en collision. Quand nos yeux se croisaient, nous repartions de plus belle. Karolina agitait les mains devant son visage, doigts bien écartés, pour l'éventer comme le font ces Américaines sur-maquillées sur Internet, lorsqu'elles veulent faire semblant d'être surprises ou heureuses ou émues ou déçues ou au bord des larmes ou furieuses ou amoureuses. Elle jeta son chewing-gum à la poubelle en hoquetant qu'elle risquait de s'étouffer. « Attends, attends », supplia-t-elle à la recherche de son souffle. Dans une espèce de communion euphorique, je m'esclaffai de plus belle sans savoir ni chercher pourquoi. Je ne me demandai pas non plus si notre échange portait en lui le germe d'une telle drôlerie. Je m'en foutais. Notre fou rire existait et rien ne gâcherait ce moment.

Nos rires s'évanouirent dans une série d'essoufflements. Karolina effleura la mèche dont elle venait de couronner mon front, la ramena en arrière, puis plongea son regard espiègle dans les timidités de mon adolescence. Mon visage rosit d'embarras, les poils de mes bras se mirent de nouveau au garde-à-vous. Mon pantalon tressauta. Elle plaqua la main sur mon entrejambe et titilla la résurgence que je ne contrôlais plus. J'oscillai entre honte absolue et béatitude inespérée. Elle ne lâcha ni mon regard, ni mon excitation. Ses caresses intensifièrent ma douce agonie à mesure que ses doigts allaient et venaient le long de mon érection. De chatouillement, le plaisir devint picotement lorsqu'elle glissa sa main à l'intérieur de mon jean. Elle approcha ses lèvres moites de ma bouche. Un parfum puis un goût de fraise se frayèrent un chemin jusqu'à ma langue autour de laquelle elle entortilla la sienne. Mon corps était ahuri, inerte malgré la protubérance raide qui le gouvernait. Le picotement devint un fourmillement léger, presque exquis. Je fermai encore les yeux. Jamais je n'avais ressenti de plaisir si intense, pas même lorsque je calmais ma puberté dans le silence solitaire de ma chambre, écouteurs sur les oreilles, devant l'immense bibliothèque pornographique et gratuite d'Internet. On a beau dire, la troisième dimension surpasse tous les écrans. La troisième dimension et la main experte de Karolina qui cajolait ma rigidité depuis plusieurs minutes. Soudain je fus pris d'affolement. J'écarquillai les yeux et tous mes sens. En une fraction de seconde, le fourmillement se transforma en jaillissement irrésistible, indomptable et, me sembla-t-il, incessant. La panique bouscula l'extase. Karolina poussa un « oh ? » quasiment inaudible qui résonna pourtant comme un coup de canon dans le silence du salon de coiffure. Épouvanté, j'attrapai la serviette avec laquelle elle m'avait séché les cheveux et m'efforçai d'essuyer frénétiquement sa main trempée et l'intérieur de mon boxer. J'étais au bord des larmes. Karolina elle, riait. « C'est pas grave, je suis flattée si tu veux tout savoir. » Je ne répondis rien. Mon regret était absolu, mon déshonneur total, ma trahison sans précédent.

Je me précipitai hors du salon, serviette à la main, non sans avoir subi l'ultime affront de supplier Karolina d'ouvrir la porte – « vite, s'il te plaît ! » – qu'elle avait pris soin de fermer à clef.

La nuit amorçait son cycle sous des trombes d'eau. Je m'enfuis aussi loin que je pus, pourchassé, le long du trottoir, par mon ombre que la lueur blafarde des lampadaires précipitait à ma suite dans un clignotement monochrome. Sous l'orage, les craquelures goudronnées du chemin scintillaient comme des peaux de lézard. Scintillaient et glissaient. Je trébuchai, mains les premières, dans la gadoue, me relevant presque immédiatement pour poursuivre ma course. Arrivé aux grandes étendues herbeuses des terrains de football, je repris mon souffle contre un arbre dont l'obscurité emprisonnait les racines. Je m'essuyai le front d'un revers boueux de la main. L'odeur de terre me révulsa. Je m'effondrai en larmes.

À mes pieds gisait la serviette moite de mon opprobre.

17

Pav est déjà dans l'escalier. Il me fatigue quand il n'en fait qu'à sa tête !

— Alors ? Laquelle à ton avis ? demande-t-il depuis le palier en désignant les quatre portes qui nous font face. Je te parie que c'est celle-là, celle qui est entrouverte.

— Ça va pas ? Qu'est-ce que tu veux foutre dans sa chambre de toute façon ?

— Bah si ton Eva était là, j'aurais bien une idée...

Je lui jette un regard consterné. Je regrette que Ben ne soit pas là pour me soutenir. Pawel pousse la porte. Le soleil s'échappe par l'embrasure. Sa lumière soulève la poussière. Un lit domine la pièce, avec ses oreillers bien droits et sa couette à rayures roses. Une affiche de Bob Dylan habille la solitude du mur : profil noir, cheveux bouclés multicolores fond blanc. Rangée sous la fenêtre encaissée, une paire de chaussons porte encore la marque des pieds d'Eva. Un parfum presque évanoui de crème hydratante flotte dans l'air.

Aucun autre meuble n'encombre la chambre. Une liseuse éclaire la tête de lit et une étagère étroite fait office de table de chevet. Près de l'affiche de Dylan, un petit placard entrebâillé attire l'attention de Pav. Je veux lui interdire de l'ouvrir mais m'entends simplement lancer, « Allez mec, on y va. On a rien à foutre ici et puis j'ai promis à Claire de passer avant midi ». Pav hausse les épaules ; je n'y arriverai décidément jamais avec les gonzesses si je ne laisse pas tomber un peu les bouquins. « Tu vas ramer des années avant d'en trouver une charitable. » Je le pousse hors de la chambre et referme la porte derrière moi. « J'ai dit on se casse, alors on se casse ! » Pav recule. Il a peut-être une carrure de rugbyman, mais je ne suis pas moins athlétique que lui. Nous descendons l'escalier. Il s'adosse contre le mur de l'entrée et me fixe, l'œil rigolard, tout en se couvrant les oreilles de son casque audio. Je vérifie machinalement que le sac à main se trouve toujours sur le fauteuil doré dans le salon, puis m'approche de mon ami et soulève son casque.

— Si j'ai besoin de conseils avec les filles, mec, je suis pas sûr que c'est vers toi que je me tournerai.

— Bah pourtant tu devrais, se vante-t-il.

— Ah bon ? C'est quoi la story avec la vieille de l'église ?

— Quelle vieille ?

— Tu crois que j'ai pas vu comme tu lui tournais autour, à faire le beau ?

— Béata ? Elle est pas vieille ! Elle a trente-deux ans !

— Ah ouais, t'as raison, une gamine de presque deux fois notre âge ! T'en as dix-sept, mec !

— Dix-huit dans un mois ! C'est une amie de ma mère.

— T'es bien comme ton frère, une bite à la place du cerveau… Tu me prends pour un con ou quoi ? À la manière dont tu l'as embrassée, faudrait vraiment être aveugle pour ne pas voir qu'il y a un truc entre vous !

Il s'assied sur la dernière marche de l'escalier, laisse pendre son casque sur ses épaules et se prend la tête entre les mains. « Tu gardes ça pour toi ? Mon père me tuerait. Elle est mariée… » Mais comment il a pu se retrouver dans une situation pareille ? C'est arrivé il y a trois semaines. Pav la connaît depuis des années, leurs familles sont très amies. Béata, son mari et ses enfants habitent à Balham, à une rue d'ici. C'est pour ça que le visage d'Eva lui disait quelque chose, il a dû la croiser dans le quartier.

— Laisse tomber Eva, mec, qu'est-ce qui s'est passé ?

— Il y a deux semaines, on a noyé Marzanna.

— Hein ? Mais vous êtes malades !

— Mais non, on n'a noyé personne pour de vrai. Marzanna, c'est une tradition slave, une espèce de divinité folklorique. Chaque année, les gamins dans les campagnes fabriquent une poupée que tout le village coule ensuite dans la rivière pour marquer la fin de l'hiver.

— C'est quoi ce délire ? Vous balancez un mannequin dans la Tamise tous les ans ?

— T'es con ! Bien sûr que non. Les flics nous tomberaient

dessus. On fait ça, en cachette, dans l'étang de Wandsworth Common ou à Tooting Bec.

— Ah bon ? Mais quand ?

— Le vingt et un mars, pour fêter le printemps.

— En plein jour ?

— Non, on attend la tombée de la nuit, pour pas que les voisins appellent les pompiers.

— Mais tu m'as jamais parlé de ce truc !

— Bah c'est une tradition de Polacks, en quoi ça t'aurait intéressé ?

Bref, il y a deux semaines, ils ont noyé Marzanna avec d'autres familles du quartier. Le mari de Béata était au Pays de Galles pour le boulot. Elle a assisté à la cérémonie avec leurs filles de neuf et sept ans. Le père de Pav a demandé à Viktor de les raccompagner en voiture, mais comme il avait picolé Béata a refusé ; elle rentrerait à pied avec ses filles. Sans qu'il sache pourquoi, Pav s'est retrouvé désigné d'office pour les escorter toutes les trois jusqu'à leur porte. Béata et lui ont parlé tout le long du chemin, d'abord de rien, puis de tout. Elle a évoqué la Pologne qu'elle a quittée il y a quatorze ans, le jour de ses dix-huit ans, pour se chercher un avenir à Londres. Pav ne savait pas quoi répondre. Il avait l'impression de n'avoir encore rien vécu. Arrivés devant chez elle, elle lui a proposé de monter prendre une bière, pour le remercier, pendant qu'elle couchait les petites. Quand elle est réapparue, ils ont bavardé encore pendant deux bonnes heures. Jamais personne n'avait écouté les affirmations pleines d'incertitude de Pav avec autant d'intensité ou ne s'était intéressé de si près à la confusion de ses émotions.

Béata aussi avait besoin de bavarder et de rire, et l'humour de Pawel ne l'a pas laissée indifférente. Elle s'est rapprochée de lui sur le canapé, lui a pris la main, l'a regardé, l'a embrassé.

— Ça s'est passé comme ça mec. Et moi j'ai pas dit non, j'aurais dû mais j'ai pas dit non. Je regrette rien mais maintenant je fais quoi ? Si son mari l'apprend, il me tue ! C'est œil pour œil chez nous. Mon père aussi va me tuer ! Putain, je suis mort quoi que je fasse !

— Sauf si tu y mets un terme.

— Je peux pas mec, je crois que je suis amoureux.

— Vous vous êtes revus ?

— Tout le temps. J'ai tout le temps envie d'elle !

— Et son mari ? Et leurs filles ?

— Il est jamais là. On se voit quand les gamines sont à l'école. C'est pour ça que je sèche pas mal de cours depuis deux semaines.

— Comment tu sais que tu es amoureux ?

— Je sais pas. Je le sens, c'est tout. Même quand je fais tout pour me la sortir de la tête, mec, je me mets à penser à elle.

Je ne soupçonnais pas que, derrière ses airs lourdauds et machos, Pawel cachait un cœur d'artichaut au point de tomber amoureux d'une mère de famille du double de notre âge, ou presque. Il n'est pas du tout aussi expérimenté qu'il le dit, Karolina avait raison.

J'ai soudainement envie d'Eva. Je ne connais même pas le son de sa voix et pourtant, comme Pav avec Béata, je voudrais l'écouter pendant des heures. Je voudrais lui caresser la peau, respirer ses cheveux, lui prendre la main, l'embrasser sur les paupières, sur la bouche, mais par-dessus tout, je voudrais la connaître. Je voudrais tout apprendre d'elle. Sans but. Sans arrière-pensée. Sans certitudes non plus, et sans crainte. Je voudrais lui plaire comme elle me plaît.

Malheureusement, je ne sais même pas où elle se trouve.

J'avais interrogé Ben un jour sur ses chances de séduire une fille à Papa comme Cosima. Il m'avait répondu que ça n'a rien à voir avec la chance, même si Tadalesh veut dire « le chanceux » en somalien. Ces choses-là ne se commandent pas. Si on attendait que la chance s'en occupe, on n'avancerait jamais dans la vie. Surtout lui, avec sa tronche de réfugié. « Déjà que les autres croient pas en moi, si je m'y mets aussi, autant jeter l'éponge tout de suite ! La chance, mec, ça n'existe pas. Sauf pour ceux qui sont nés dedans et qui n'en font rien. Chez les pingouins comme nous, la première des chances c'est de ne pas finir en bouquet de fleurs sur le portail de l'Eden. Pour le reste, c'est toi qui décides. Soit t'apprends à nager, soit tu coules et tu pleurniches que c'est la faute à pas de chance. » Je m'étais dit qu'il avait beau s'en défendre, ses parents l'avaient bien nommé. Ce n'est pas parce qu'il attendait que ça lui tombe dessus qu'il était chanceux, mais parce qu'il se lançait, qu'il tentait le tout pour le tout sans s'embarrasser de ces questions qui font douter et reculer. Ben avait de la chance parce qu'il osait oser.

— Si tu veux savoir, Cosima m'a même pas calculé la première fois que je l'ai croisée, m'avait-il dit.

— Ah bon ? Comment t'as fait alors ?

— Elle a déboulé dans Banksy Tunnel habillée comme une caillera qui aurait dévalisé les boutiques chics de *King's road* ! T'aurais vu ça, elle puait le fric à trois kilomètres avec ses fringues griffées toutes clean et ses aérosols Kobra encore sous plastique. Les autres tagueurs l'ont dévisagée comme la dernière des connasses.

— Toi aussi ?

— Non. Je me suis dit qu'elle manquait pas d'audace et ça m'a plu. Bon, évidemment elle m'a plu de plein d'autres manières aussi.

— Elle a fait quoi ?

— Elle a choisi son bout de mur, juste à côté du mien, et a posé un croquis par terre. Sa dégaine et son accent bourges collaient pas avec le thème.

— C'était quoi ?

— Le Radeau de la Méduse, mais avec des migrants africains.

— Le quoi ?

Ben m'avait montré la photo d'un tableau sur son téléphone.

— Comment t'as su qu'elle avait un accent bourge ? Tu lui as parlé ?

— Bah oui, quand j'ai vu ce qu'elle comptait peindre, j'ai pas pu résister, mec. Et puis, elle avait oublié son blanc. Je lui ai filé un reste de Kilz et une bombe de Montana. Elle m'a à peine regardé.

— Elle t'a pas remercié ?

— Si, mais du bout des lèvres. Je me suis dit, toi, un jour

je vais t'embrasser mais seulement quand tu me le demanderas. Quand tu seras prête et que tu ne penseras plus qu'à ça.

— T'avais pas peur de te prendre un râteau ?

— Carrément, mec ! Mais j'ai pensé à Obama.

— Obama ?

— Je me suis dit que lui aussi devait crever de trouille quand il est arrivé au milieu de tout cet *establishment* blanc et pourtant il a pas reculé.

— Tu te prends pour Obama maintenant ?

— Si mes parents se sont sacrifiés pour nous amener sur cette île glaciale, c'est pas pour que j'aie la trouille de la vie qu'ils ont rêvée pour moi. Je reculerai jamais, mec. Cosima est pareil. Si tu veux tout savoir, c'est pas moi que je comparais à Obama. C'est elle. Elle devait bien flipper, toute seule, dans un tunnel plein de préjugés sur elle, ses fringues et son accent. Pourtant elle a pas reculé, comme Obama, et je me suis dit, cette fille-là a plus de cran que la plupart des mecs que je connais.

Ça c'est Ben tout craché. Il perçoit des choses chez les gens dont ils n'ont même pas conscience. Et je te fous mon billet que c'est ce qui a plu à Cosima. Elle a su que jamais personne ne l'aimerait aussi entièrement que Ben. Une intuition d'amour en quelque sorte. Elle s'est sans doute installée près de lui exprès ce jour-là. Rien à voir avec le hasard. Certaines rencontres sont inévitables. Ben, lui, est tombé amoureux très vite. Il affirme qu'il peut déterminer avec précision le moment où c'est arrivé. La seconde d'avant, il voulait seulement se retrouver au pieu avec Cosima, celle d'après le monde n'existait plus ou plutôt, il n'avait de sens qu'à travers elle, ce qu'elle était, ce qu'elle imaginait, partageait, respirait. Ben avait acquis la conviction que, s'il regardait en arrière, chaque jour de sa vie l'avait mené jusqu'à cette rencontre.

Après le fiasco du salon de coiffure Karolina m'avait obsédé pendant plusieurs semaines. Chaque matin, sous la tiédeur de ma couette, je m'entraînais à retarder ma jouissance dans un rouleau de papier toilette. Je ne subirais pas la même humiliation une deuxième fois, si jamais l'occasion se présentait de nouveau. J'avais beau me répéter qu'on ne touche pas à la sœur d'un pote, je ne parvenais pas à me la sortir de la tête. Mes pensées n'avaient rien de romantique. Je voulais qu'elle me possède et se soumette en même temps, qu'elle se laisse faire, se débatte, m'embrasse, me repousse et succombe en murmurant mon nom quand je serais en elle. Les mecs cherchent d'abord à baiser. C'est un fait. Celui qui dira le contraire se raconte des histoires. Ce sont les filles qui nous apprennent le romantisme, quand on commence à avoir un peu d'expérience et encore, souvent on fait semblant pour pouvoir les emballer. Et elles, elles nous font poireauter pour mieux nous harponner. Ce n'est pas moi qui le dis, c'est Viktor. Pav nous a révélé un jour qu'il avait entendu son frère claironner que les femmes sont les championnes de *l'attente stratégique*. J'ai demandé à Claire ce que ça voulait dire et si c'était vrai parce que c'est la seule femme que je connaisse, même si elle est aveugle. Elle m'a répondu, comme toujours, par une citation de Shakespeare. *L'amour des jeunes gens n'est pas vraiment dans le cœur, il n'est que dans les yeux.* C'est dans Roméo et Juliette. Elle est pénible,

Claire, avec ça. Quand je le lui dis, elle réplique que seul Shakespeare et les Grecs ont exploré l'âme humaine avec un tel degré de profondeur. Le seul Grec que je connaisse, c'est le kebab derrière la mosquée, et encore, il est chypriote. Mais je dois bien reconnaître que ce con a souvent raison. Shakespeare, pas le Chypriote ! Nous les mecs, on est d'abord attirés par le physique. Les sentiments, le cœur, l'âme sœur, ça ne fait pas tout à fait bander pareil. Ou alors de trouille, comme les rescapés d'attentats. Même Ben a d'abord pensé à se taper Cosima quand il l'a vue la première fois. Il est tombé amoureux après. Moi, je ne suis pas à la hauteur de Ben pour ces trucs-là. C'est un prince, Ben.

J'avais évité Pav pendant plusieurs jours, convaincu que Karolina ne tiendrait pas sa langue et qu'il casserait la gueule à notre amitié dès qu'il apprendrait ce qui s'était passé. Mais sa sœur avait gardé le secret. Le sentiment de trahison ne me quittait plus, pourtant la tentation était la plus forte. Je rêvais aux baisers de Karolina, à nos caresses et au parfum fruité de sa transpiration. Je rôdais régulièrement dans les environs de sa boutique, aimanté comme un meurtrier par le lieu du crime. J'arpentais le trottoir, bonnet enfoncé jusqu'aux yeux ou me planquais derrière un arbre en jetant des coups d'œil furtifs vers la vitrine. Je me persuadais qu'elle aussi mourait d'envie de me revoir. Elle était encore plus belle maintenant que j'avais goûté à sa bouche. Je m'en voulais d'avoir foutu en l'air la possibilité d'un nouveau baiser et de nouvelles caresses dont je saurais à présent modérer les effets sur mon entrejambe. J'inventais des stratagèmes pour la croiser nonchalamment devant l'Eden ou dans les ascenseurs de Cap Canaveral. J'aurais feint la surprise, ignoré ce qui s'était passé (ou ne s'était pas passé) entre nous ce soir-là et l'aurais jouée cool en implorant le Ciel qu'elle rebondisse sur cette fausse indifférence, se jette sur moi et enroule de nouveau sa langue autour de la mienne.

Mais je ne l'y croisai pas.

Au bout d'un mois et demi, n'y tenant plus d'attendre que mes cheveux aient suffisamment repoussé pour me procurer un alibi, j'avais frappé à la porte du salon quelques minutes après la fermeture. Karolina m'avait ouvert avec un sourire malicieux avant de fermer à clef derrière moi. Je ne lui laissai pas le temps de dire un mot.

— Ça fait six semaines. C'est un peu long, lançai-je.

— Tu veux dire, tes cheveux ?

Elle éclata de rire à sa propre blague. Mon désir s'emballa. Je me jetai sur elle avec toute l'ardeur dont Pav m'avait assuré que les femmes raffolent, d'après Viktor. Elle eut beau protester, je l'acculai avec force contre la caisse et lui pelotai les seins avec l'énergie de ceux qu'on a mis au défi et qui, par orgueil imbécile, ne se défaussent pas quand bien même leurs propres actions les révulsent. Les supplications de ma mère se mélangeaient aux cris de Karolina et les voix de Pav et de Viktor m'encourageaient dans ma tête. « Fonce, mec ! Elles disent non uniquement pour aiguiser la passion. » Cette fois-ci, je ne flancherais pas. J'avais l'impression d'être un homme, un vrai, pas un ado déniaisé dans une serviette-éponge. Des flashs de scènes porno faisaient monter en moi l'excitation. On était loin du dégoût ressenti à onze ans, quand Pawel m'en avait montré pour la première fois et que j'avais brisé la tablette de Viktor.

Karolina me repoussait et répétait « pas comme ça », ce qui décuplait mon ardeur. Bientôt elle céderait, comme toutes les femmes, comme toutes les actrices de X. Je la coinçai contre le mur et commençai à déboutonner ma braguette tout en tirant sur sa jupe quand soudain elle écrasa sa main sur ma joue avec une force insoupçonnée. De son autre main, elle empoigna fermement l'étage inférieur de mon anatomie qui, comprimé, perdit instantanément de sa vigueur. Je me pliai en deux de douleur et reculai de plusieurs pas.

— Non mais ça va pas ? Qu'est-ce qui te prend, t'es complètement dingue !

— Bah et toi ? T'es folle ? Tu veux me castrer ou quoi ?

— Peut-être que ça vaudrait mieux !

— Ça va hein ! Je sais que les filles de l'Est aiment bien qu'on les bouscule...

— C'est quoi ces conneries ? C'est mon frère qui t'a mis ça dans la tête ?

— Bah oui, enfin non, enfin je sais pas.

— Je vais le bousiller cet abruti !

— Non ! S'il te plaît Karolina, ne dis rien.

— Pawel est encore plus puceau que toi, arrête de croire tout ce qu'il raconte. Il se la joue mais il a encore une boîte de Kleenex sous son lit et passe sa vie sur les sites porno.

— C'est pas ce qu'il dit...

— Ce sont ceux qui en parlent le plus qui le font le moins, ducon. Je ne suis même pas sûre qu'il ait déjà embrassé une meuf. T'as une longueur d'avance sur lui, mec ! Si c'est pas deux ! Mais si tu continues comme ça, j'hésiterai pas à te coller un coup de ciseaux où il faut pour calmer tes ardeurs.

Je ne savais pas quoi répondre. J'avais l'impression d'observer la scène de l'extérieur comme si la honte m'avait propulsé hors du salon et que je me retrouvais seul sur le trottoir, houspillé par un jury de passants prêt à me condamner.

— Je suis désolé Karolina, je sais pas ce qui m'a pris. J'ai pété les plombs. Excuse-moi ! Promets-moi que tu diras rien à Pawel. Je t'en supplie.

— Tu mériterais que j'appelle Viktor ou mon père ! Et puis c'est quoi cette histoire de filles de l'Est ? J'ai l'air d'une actrice porno ? Et quand bien même, tu t'es jamais demandé si elles avaient pas envie d'un peu de douceur quand elles sont pas de service ? Vous êtes vraiment tous trop cons, les mecs !

— C'est pas ça, c'est que la dernière fois...

— La dernière fois c'était ta première fois. T'étais pataud, t'étais inexpérimenté, t'étais...

— Nul...

— Ce qui plaît aux femmes, c'est la fragilité, pas la violence. La dernière fois tu étais fragile et c'était cent fois mieux que ta réaction de Cro-Magnon là !

Nous n'osions plus nous regarder ; surtout moi. La douleur à mon entrejambe s'estompa au bout de quelques minutes. Karolina s'approcha, m'embrassa, attira vers elle toute la maladresse de mes seize ans et fit émerger ma fragilité. À deux reprises.

Une fois rhabillés et alors que je m'apprêtais à tomber amoureux, elle m'expliqua que nous ne nous reverrions plus, enfin pas comme ça. Elle garderait le secret et moi aussi et ferait comme si de rien n'était. On avait passé un moment agréable ensemble et ça n'irait pas plus loin. Sur le coup j'avais joué les blasés – aucun problème, entre nous c'était que du cul – mais j'avais chialé comme un môme jusqu'à Cap Canaveral. Mon cœur avait mis six mois à s'en remettre.

18

J'ai envie de sommer Pawel de foutre la paix à Béata, à ces deux petites filles qui n'ont rien demandé. Il va faire quoi ? Séparer une famille pour satisfaire ses hormones ? Mais je ne dis rien de peur qu'il m'en veuille. Béata ne tardera pas à lui briser le cœur, c'est certain. Jamais elle ne plaquera ses gamines pour un mec de dix-huit ans. Pav ne fait pas le poids. S'il pouvait lui offrir l'Espagne, peut-être, mais sa seule dot c'est l'Eden. Comme moi avec Eva. Comme Ben avec Cosima aussi, tu me diras.

Pourtant, dans le film que je me fais dans ma tête, Eva ne s'enfuit pas quand elle aperçoit l'Eden. Au contraire, elle me rassure, me dit qu'elle m'aime pour ce que je suis, pas pour l'endroit d'où je viens. Ben m'a appris la différence. « Si tu laisses les autres te définir par ton origine, t'es foutu !

Tu crois qu'ils pensent quoi quand ils entendent Somalie et Eden ? J'ai juste besoin d'un mur et d'une bombe de peinture pour leur faire oublier leurs préjugés et leur montrer vers où je vais. »

Je pousse Pav hors de la maison et m'apprête à refermer la porte quand il brandit une médaille d'une dizaine de centimètres de large : « Architecte de l'Année – RIBA – *Royal Institute of British Architects* ». Il a trouvé ça dans la bibliothèque. Il pense que c'est de l'or. Ça vaut sûrement une fortune. Non mais il est dingue ! Je lui arrache la médaille des mains et lui ordonne de m'attendre sur le perron. Je retourne dans la maison, porte entrouverte. Le téléphone d'Eva vibre soudain dans ma poche. Coup d'œil à l'écran – « Maman ». Je laisse sonner dans le vide et replace la médaille sur son socle dans la bibliothèque, juste à côté de la photo d'une belle femme, sereine, souriante, appuyée contre un arbre dans une robe d'été légère. La mère d'Eva. Elles se ressemblent comme deux gouttes d'eau, sauf les yeux. L'inverse de la mienne et moi. Je suis ému. Cette femme a porté la fille qui occupe mes pensées depuis ce matin pendant neuf mois, et la porte sans doute encore lorsqu'elle se sent fragile. Je suis jaloux. Jamais « Maman » n'est apparu sur l'écran de mon téléphone. Jamais elle n'apparaîtra. Elle m'a porté jusqu'à mes neuf ans, et encore, quand elle y parvenait. Après je me suis démerdé tout seul et je n'ai plus jamais prononcé son nom. Je n'ai dit maman à personne depuis son départ, sauf pour mentir à ma sœur.

Je l'ai maudite, ma mère. Tout de suite, comme un coup de foudre, quand l'autre a chialé en lisant la lettre qu'elle avait laissée dans la cuisine. Je l'ai maudite de le faire pleurer lui et de me voler les larmes que j'avalais pour que Lauren ne se noie pas dans tout ce chagrin. Je l'ai maudite pour l'enfance qui a pris fin ce jour-là, l'adolescence de merde qu'elle hypothéquait et que je dois désormais affronter seul, et le reste d'une vie cernée de vide et d'inquiétude. Je l'ai maudite comme je la maudirais aujourd'hui si elle se tenait devant moi ; si elle se moquait gentiment de ce qui m'arrive ; si elle souriait avec douceur en murmurant qu'il faut être bien naïf pour tomber amoureux d'une ombre ; si elle me caressait les cheveux et me rappelait que j'ai dix-sept ans et qu'à dix-sept ans on guérit de tout ; si elle me disait que je ferais mieux d'oublier Eva. Je l'ai maudite, tout de suite, parce que je savais qu'elle me manquerait lorsque j'aurais besoin d'elle.

Le téléphone cesse de vibrer.

Depuis un autre coin de la bibliothèque, Eva me sourit en photo, rayonnante dans un dossard jaune. La transpiration fait briller son front. Les autres marathoniens ont l'air crevé. Pas elle. Je retrouve cet air déterminé que mon inconscient a enregistré ce matin sur le quai avant qu'elle ne s'enfuie. J'aperçois le sac. Je me sens tout à coup submergé par une infinie tristesse. Un manque. Un vide.

Je fourre le portable dans ma poche. Quatre à quatre, j'avale les marches de l'escalier jusqu'au palier puis me précipite dans la chambre d'Eva. Je me rue sur le petit placard qui intriguait Pav. Des chemisiers, des t-shirts et des pulls, rangés par couleur, disputent l'espace à deux tringles courtes d'où pendent ses pantalons, ses robes et ses jupes. Une dizaine de paires de chaussures s'entassent au sol. Sous l'une des étagères, je découvre un petit tiroir. Je l'entrebâille puis le referme, embarrassé. Une tiédeur me rougit les joues, mais la curiosité l'emporte sur ma timidité. Je l'ouvre de nouveau et y plonge la main. Je caresse les sous-vêtements d'Eva et fantasme sur la douceur humide de ses lèvres, le parfum cotonneux de son cou, la fermeté de ses seins lovés dans la dentelle noire d'un soutien-gorge semblable à celui dans lequel j'enfouis mon visage à présent. Je voudrais la respirer, la rassurer, la retenir. Je laisse ma main parcourir ses collants sagement rangés, mes doigts explorer la soie de ses culottes en rêvant à celle qu'elle portait sans doute ce matin. Je ferme les yeux et les rouvre sur le vide de sa chambre.

Pawel me tire de ma torpeur depuis en bas. « Qu'est-ce tu fous, mec ? J'croyais que t'avais rencard avec Claire à midi ! » Je quitte la chambre et descends l'escalier en vitesse. De retour dans le salon, je compose mon propre numéro sur le portable d'Eva et laisse sonner jusqu'à ce que le sien s'affiche sur l'écran de mon téléphone. J'enregistre ce nouveau contact : Eva. J'ai l'impression qu'elle m'appartient un peu à présent. Son carnet dépasse du sac. La photo d'elle en marathonienne me sourit toujours depuis la bibliothèque. J'hésite. Je tire le crayon pris dans l'élastique et écris sur une page du milieu « dernier numéro appelé », puis remets le tout dans le sac. Le hasard se chargera du reste. Je quitte la maison et claque la porte derrière moi.

— Et la clef ? demande Pav en soulevant son casque.

— Je l'ai laissée dans le sac, c'est une de ces portes qui se ferment automatiquement.

— Dommage, on sait rien de cette fille finalement.

— Non, rien, et y'a rien à savoir.

— J'la verrai sûrement dimanche à l'église, fanfaronne Pav d'un air qui se veut complice.

— Je serais toi, je m'écraserais quand tu la verras, si tu veux pas qu'elle t'accuse de lui avoir piqué son sac et d'avoir fouillé sa chambre.

Pav prend un air dubitatif.

— J'ai rien fouillé, mec, t'as pas voulu !

Il range son portable puis enroule son bras autour de mon cou.

— On est dans la merde toi et moi, hein ? Tout cet amour qui nous tombe dessus...

Il éclate de rire puis m'attire vers lui dans un de ces élans d'amitié virile que je déteste. Je lui rends son accolade, le poing crispé.

19

Le premier jour, quand Amélia a ouvert la porte, elle a eu un mouvement presque imperceptible d'hésitation en posant les yeux sur mon survêt Sergio Tacchini. J'avais quinze ans. Je ne me sentais à ma place nulle part. Ni à l'Eden où les tensions avec l'autre avaient atteint leur comble depuis l'épisode du couteau – on ne s'adressait quasiment plus la parole – ni au collège où je ne fréquentais guère que Ben et Pawel. Nous étions harcelés en permanence par les guetteurs du quartier qui touchaient vingt balles par jour pour prévenir les dealers en gueulant comme des putois chaque fois qu'une voiture de police se pointait au bout de l'impasse. Ils avaient constamment besoin de nouvelles recrues dans les étages élevés de l'Eden, d'où on pouvait mieux repérer les flics, et nous proposaient toutes les semaines de bosser avec eux.

C'était plus tentant que les présentoirs de chips et de sodas de Mister Ferguson, mais aucun de nous trois ne voulait mettre le doigt dans cet engrenage. Pas même Pav. Il râlait tout de même chaque fois qu'un guetteur frimait avec de nouvelles Nike aux pieds. « Moi aussi je sécherais bien un jour d'usine pour des Air Max », répétait-il. Jusqu'au jour où Viktor lui a collé une baffe et lui a interdit de toucher à la drogue. Ça ne l'a pas empêché de faire le con avec sa bande. Il paie encore la note tous les week-ends en tirant le pinceau sur les chantiers de *Call the Polish !*

Le regard d'Amélia m'avait renvoyé derrière les grilles de l'Eden. Je m'étais naïvement imaginé qu'une personne non voyante, comme il était précisé dans la petite annonce, ne se soucierait pas de mon accoutrement, sans songer qu'elle ne vivait pas seule. Je ne savais pas non plus que les aveugles ont le don de percevoir la gêne, la honte et tous les sentiments qui font rougir.

J'avais tergiversé un long moment avant de sonner puis de pousser le portail. Depuis le bout de la rue déjà on ne voyait qu'elle, cette énorme baraque ! Je m'étais souvent demandé quel bâtard friqué pouvait bien l'habiter. J'avais traversé le jardin qui menait jusqu'au perron, les yeux sur mes chaussures. De petits tas de feuilles mortes s'amoncelaient çà et là, au gré du vent. Les buissons se cannibalisaient les uns les autres, à force de ne plus être taillés. Perturbée par leurs ombres gesticulantes, l'allée disparaissait sous une fine mousse brunâtre. Une odeur de décomposition me fit éternuer. Je faillis rebrousser chemin pour regagner l'Eden.

Les marches qui conduisaient au porche glissaient sous les mauvaises herbes. La porte avait besoin d'un bon ponçage, la peinture blanche s'écaillait sur les colonnes et les volets craquelés accusaient le coup dans leurs gonds rouillés. J'étais cependant aimanté vers la maison malgré l'hostilité du jardin. Une voix en moi me répétait que je décevrais Karolina si je ne tentais pas le coup. Elle ne me pardonnerait jamais de gâcher ma chance de fuir l'Eden. Je songeai aussi à l'autre, à la puanteur immonde de crasse, d'alcool et de rancœur qu'il dégageait. Il fallait que je me sauve, Karolina avait raison, quitte à bosser pour des clous ! Clou après clou, je finirais bien par nous sortir, Lauren et moi, de l'impasse dans laquelle nous avions été relégués.

Le premier jour, quand elle a ouvert la porte, Amélia n'a pas prononcé un mot. Elle s'est tenue dans la pénombre du porche et m'a observé. J'ai crié « c'est pour la petite annonce ! » depuis le bas du perron. Elle m'a dévisagé avec l'œil méfiant de ceux qui reconnaissent la misère lorsque celle-ci fait de nouveau irruption dans leur vie. « Un peu jeune », a-t-elle marmonné, comme une excuse, avec son accent bizarre, avant d'ajouter devant mon air étonné, « suis philippine ». J'ai répondu, « joli prénom... » J'avais quinze ans, aucune éducation et ignorais jusqu'au nom de son pays. Elle a éclaté de rire. « Philippine, pas mon nom, m'appelle Amélia. Viens des Philippines. Travaille pour Mrs Claire. T'es un petit marrant, toi ! » Malgré ma tenue vestimentaire, je venais de réussir l'entretien d'embauche. J'ai grimpé les marches quatre à quatre et franchi timidement le seuil obscur.

Un escalier monumental en fer forgé dominait le vaste vestibule vide. Je songeais qu'aucune paire de fesses n'avait sans doute jamais dévalé sa large rampe. À quoi ressemblaient les propriétaires ? Amélia ignora ma question. Cinq mètres au-dessus de nos têtes, un lustre en cristal imposait son orgueil poussiéreux. De part et d'autre de la pièce, de gigantesques portraits de soldats en uniforme rouge, cernés d'*Union Flags* dont la raideur trahissait les années, dissipaient leur verticalité dans les hauteurs du plafond. Deux immenses portes en bois, à chaque extrémité du vestibule, filtraient les courants d'air. Les talons d'Amélia résonnaient sur les dalles noires, dans un cliquetis pressé. Je la suivis de pièce en pièce jusqu'au large salon d'où provenait une musique d'ascenseur.

J'entrai derrière elle.

L'odeur d'humus décomposé, qui m'avait agressé dès le jardin, envahissait la pièce. Trois hautes fenêtres, ouvertes sur l'extérieur, encadraient un grand piano comme on en voit dans les concerts sur YouTube. Au loin, on distinguait le parc et au-delà, le soleil. Derrière moi, une immense bibliothèque en bois foncé serpentait le long du mur. Elle semblait onduler sous l'ombre des branches que la brise faisait tanguer dans un grincement mat. On avait substitué au tabouret traditionnel un haut fauteuil qui tournait le dos au reste de la maison et camouflait le pianiste. L'instrument semblait jouer seul. Amélia chuchota à l'oreille du siège. La musique s'arrêta d'un seul coup. Une main baguée me fit signe d'approcher. Je lançai « bonjour M'dame » depuis l'autre bout de la pièce. Amélia absorba mon appréhension d'un sourire, et me poussa fermement vers la main.

— Vous êtes jeune, accusa une voix aux accents snobs.

— J'viens d'avoir quinze ans, M'dame.

— Vous lisez bien ?

— Faut voir, j'crois qu'oui.

— Il faut voir, je crois que oui. Commence par articuler. J'enlève cinquante pence par syllabe que tu avaleras. Tu viens de perdre deux Livres sur ton premier salaire.

— J'rêve ou quoi ?

— Deux Livres cinquante.

— Eh oh ! C'est quoi c'te délire !

— Trois livres en moins de vingt secondes. Nous allons faire des économies, Amélia.

Amélia me fit signe d'avancer. Je songeai qu'elle aussi avait dû perdre une fortune en raison de son accent. « Ça n'a rien à voir ! » s'écria la voix, comme si un sixième sens l'avait guidée au travers de mes pensées. « Amélia n'est pas là pour me faire la lecture. Elle s'acquitte très bien de sa tâche. Acquitte-toi de la tienne et tu auras vite une augmentation. Approche ! » Je fis un pas, lourd du regret des téméraires et de la rancune des pleutres – pourquoi donc avais-je écouté les conseils de Karolina ?

Je contournai l'immense tapis sur lequel trônait le piano. La chaleur du soleil caressa mon visage. Le piaillement joyeux des oiseaux au-dehors m'encouragea à mesure que je longeai les fenêtres. Arrivé devant le piano, je pivotai pour lui faire face. Elle apparut soudain dans la lumière, son corps maigre élégamment posé sur un coussin, mains croisées sur les genoux. Des chaussures rouges, assorties à une veste de la même couleur, terminaient de longues jambes prises dans un pantalon bleu marine. Elle avait noué une écharpe en soie bleu ciel – Claire me la laissa caresser plusieurs mois plus tard – autour de son cou pour se prémunir des courants d'air. Je me rendrais compte dès le premier hiver qu'on ne fermait les fenêtres, dans cette maison, que lorsque la neige recouvrait le parc. Son visage était ridé, fripé, mangé par d'immenses lunettes noires qui lui gommaient le nez et accentuaient l'horizontalité de sa bouche.

— Comment t'appelles-tu ?

— Payne.

— Payne ?

— Oui M'dame. Adam Payne. Et vous ?

— Claire. Appelle-moi Claire. Ce sera toujours mieux que M'dame et ça évitera que je déduise encore cinquante pence de ton salaire.

Claire garda le silence un moment puis soupira discrètement. Elle fit signe à Amélia de quitter la pièce.

— As-tu déjà ouvert un livre dans ta vie, Adam Payne ?

— Pour être honnête, pas souvent.

— J'espère que tu ne trébuches pas sur chaque syllabe !

— Faut faire l'essai. C'est pas non plus comme si les candidats se bousculaient au portillon.

Claire contint difficilement un petit rire qui découvrit ses dents. L'atmosphère se détendit immédiatement. Elle me confia plusieurs mois après qu'elle m'avait engagé pour mon sens de la répartie car il était évident que j'étais un piètre lecteur et qu'elle devrait tout m'apprendre, « sauf l'intelligence que tu possédais déjà ».

Elle m'invita à m'asseoir et pointa du doigt un livre qu'Amélia avait posé sur la table basse. *L'Île au Trésor*, Robert Louis Stevenson. Sur la première page, ne figurait aucun mot mais la carte d'une petite île flanquée d'une boussole. J'entamai péniblement ma lecture. Claire appuya la tête sur son poing ; les deux prochaines heures lui paraîtraient longues.

Première Partie – Le vieux flibustier

Chapitre Premier
Le vieux loup de mer de l'Amiral Benbow

C'est sur les instances de Monsieur le chevalier Trelawney, du docteur Livesey et de tous ces messieurs en général, que je me suis décidé à mettre par écrit tout ce que je sais concernant l'île au trésor, depuis A jusqu'à Z, sans rien omettre sauf la position de l'île, et cela uniquement parce qu'il s'y trouve toujours une partie du trésor. Je prends donc la plume en cet an de grâce 17xx et commence mon récit à l'époque où mon père tenait l'auberge de l'Amiral Benbow, en ce jour où le vieux marin, au visage basané et balafré d'un coup de sabre, vint prendre gîte sous notre toit.

Bien entendu, j'accrochai sur la plupart des phrases et défigurai le texte de Stevenson au moins autant que l'était le visage de Billy Bones, le Capitaine terrifiant qui intimide, dès les premières pages, le jeune narrateur Jim Hawkins. Claire tantôt sursauta, tantôt gémit d'impatience, mais elle me laissa poursuivre jusqu'à la fin du chapitre, jusqu'à ce qu'une unique obsession occupe mon esprit : devenir Jim Hawkins, découvrir ce que renfermait le coffre dont il venait de trouver la clef sur la dépouille du Capitaine et revenir dans cette maison, le surlendemain, pour que me soit révélée la suite.

Dès la deuxième séance, Amélia exigea que je passe par l'arrière de la maison. Elle ne souhaitait pas récurer mes traces de pas sur les dalles du vestibule les jours de pluie. Elle m'attendrait dans la cuisine, au sous-sol, puis m'accompagnerait jusqu'au salon à chaque fois. Je me doutais qu'elle craignait surtout que les voisins ne préviennent la police. Dans leur esprit, un mec comme moi est nécessairement un rôdeur, une petite frappe qui trace le symbole de sa bande sur le trottoir, à la craie, devant les baraques qui valent le coup d'être cambriolées.

Rapidement cependant, j'avais troqué mes Air Max et mon pantalon de survêt contre un jean et des vieilles Stan Smith que Ben m'avait refilées un matin où il avait décrété qu'un *street artist* digne de ce nom se doit de porter des chaussures noires. Rien n'y fit. Amélia n'en démordrait pas, le personnel devait passer par le sous-sol et se déchausser en entrant. J'avais failli lui dire de remballer ses grands airs et de prendre un aller direct pour les Philippines. Pour qui elle se prenait ? Si c'était comme ça, je préférais encore me casser ! Qu'elle lui fasse elle-même la lecture à son aveugle ! Je me ravisai cependant rapidement en songeant que ce job était mon ticket de sortie de l'Eden. Docilement, je me pliai aux exigences d'Amélia.

Au bout de deux mois, il ne restait rien de sa réticence initiale et peu de ses a priori. Ceux-ci disparurent complètement le jour où je lui offris un bouquet de narcisses blancs pour son anniversaire, sur les conseils de Claire. « Rares sont les femmes qui n'apprécient pas le geste », m'avait-elle expliqué. Amélia avait délaissé les fleurs sur l'évier et avait murmuré un merci inaudible. Deux heures et demie plus tard, alors que je me rechaussais pour rentrer à l'Eden, je fus étonné, pour ne pas dire vexé, que les narcisses ne trônent pas dans un vase sur la table de la cuisine. Je lui posai la question en passant, pour qu'elle ne s'imagine pas que j'y attachais une quelconque importance. « Je les ai mis dans ma chambre », répondit-elle avec un sourire qui donna à son visage un air hilare et lui fit plisser les yeux.

20

Comme tous les samedis, Amélia a pris sa demi-journée. Elle recharge sa nostalgie auprès des autres Philippines du quartier. Elles se retrouvent toutes les semaines au parc le temps d'un pique-nique. Je les croise de loin en arrivant de chez Eva et fais un signe de la main à Amélia auquel elle répond par un baiser. Ses amies et elle sont assises dans l'herbe, regroupées sur un patchwork de plaids élimés et multicolores. Je préfère ne pas m'approcher, d'abord parce que je ne veux pas arriver à la bourre chez Claire, mais surtout parce que je n'ai pas eu le temps de me changer et qu'Amélia froncerait les sourcils devant mon survêt FILA. Depuis le terrain de football attenant, les Colombiens des environs se prennent pour Messi ou Mbappé. Ils ont abandonné à leurs femmes et leurs sœurs la corvée du barbecue et des gosses. L'une des Philippines gratte sa guitare à l'ombre d'un platane. Les autres dodelinent de la tête en chantonnant le mal du pays et de leurs enfants qui grandissent à l'autre bout de la planète.

Je remonte le muret le long du jardin de Claire jusqu'à l'escalier qui descend à la cuisine. Si j'ai mentionné l'anniversaire d'Amélia, c'est parce que ça tombe demain. La cuisine semble toujours un peu triste quand elle n'est pas là pour m'accueillir d'un « Hello Adamo ». Cette fois-ci, je lui ai acheté un petit bouquet de jonquilles chez le fleuriste ambulant de Balham. Je remplis d'eau un verre qui sèche sur l'égouttoir et y place les fleurs. Je ne me rappelle pas la date d'anniversaire de ma mère. À vrai dire, je ne crois pas l'avoir jamais connue. Nous ne le fêtions pas. Ni Lauren, ni moi ne nous en préoccupions ; tant que personne n'oubliait le nôtre. L'enfance est le terreau de toutes les terreurs, mais aussi de tous les égoïsmes. En revanche, je me souviens du jour où elle nous a abandonnés : un treize mai. C'est une de ces dates qui ne se célèbrent pas et tourmentent d'année en année sans besoin de rappel. Je me demande si, un jour, elle me laissera en paix.

Religieusement, tous les treize mai, j'additionne les dernières fois qui composent ma dernière journée auprès d'elle. Bout à bout, elles conduisent à la dernière image d'elle, une image qui me reste et me hante : la dernière fois qu'elle m'a servi mes céréales, qu'elle a lavé mon bol et celui de Lauren en rabattant une mèche qui lui couvrait l'œil. La dernière fois qu'elle a noué la cravate de mon uniforme d'écolier, accroupie devant moi pendant que j'épelais à voix haute le nom sur son badge. Elle avait souri avec une douceur sans joie. Au moment de quitter l'appartement, elle avait retiré sa blouse pour la pendre à la patère. Je me demande souvent si elle en avait profité pour déposer la lettre dans la cuisine. La dernière fois qu'elle a tourné la clef dans la porte, la main crispée sur la poignée, découvrant les bleus que les manches de son chemisier peinaient à dissimuler. La dernière fois qu'elle nous a couru après jusqu'à Cap Canaveral. Nous n'avions pas l'autorisation de nous engouffrer seuls dans un ascenseur au cas où une seringue y traînerait encore. La dernière fois que le portail de l'Eden s'est refermé et a cliqué derrière elle. La dernière fois qu'elle s'est penchée sur nous, nous a embrassés, a passé la main dans mes cheveux, respiré ceux de ma sœur et qu'elle m'a fait promettre de bien veiller sur elle. La dernière fois qu'elle nous a dit qu'elle nous aimait. La dernière fois que son ombre a disparu dans l'horizon morose.

À neuf ans, les dernières fois n'existent pas. L'école, les copains, le foot, les coups, tout ça se répète de jour en jour. La vie n'a ni sens ni fin, jusqu'au jour où la masse des dernières fois s'abat sur toi sans prévenir. Ce jour-là, tu comprends que rien ne recommencera jamais plus.

Pourtant depuis ce matin, quelque chose a débuté. Quelque chose que je n'ai jamais ressenti, ou jamais comme ça en tout cas : l'attente. Bien entendu, je vis depuis longtemps dans l'attente du retour de ma mère, dans l'attente qu'elle nous fasse un signe à Lauren et à moi, qu'elle prenne contact, qu'elle revienne par l'un de ces milliers d'avions qui clignotent dans la nuit. Mais depuis ce matin, une attente nouvelle m'habite, une attente mêlée de désir. Eva.

Une théière pleine, deux tasses à thé et une assiette de *shortbreads* patientent sur un plateau dans la cuisine. Amélia n'oublie jamais. Je me lave les mains, dévore deux biscuits, bois une gorgée de thé – aïe, il est bouillant – puis saisis le plateau et me précipite jusqu'au salon en prenant garde de ne rien renverser. En chemin, je m'empiffre de biscuits.

Je m'assois en face de Claire. Elle a senti ma présence dès le grincement de la porte et m'attend en souriant. Je la salue, lui verse une tasse de thé et la pose à l'endroit habituel, avec les biscuits rescapés de mon carnage. Au début je trouvais ça un peu bizarre tout ce cérémonial autour du thé. D'abord parce que la théière, c'est un truc de vieux ou de riches. Souvent ce sont les mêmes. On n'utilise pas de théière chez nous, un sachet directement dans la tasse, de l'eau bouillante et *basta*. On laisse flotter le sachet au moins trois minutes et, quand le thé est noir d'amertume, on l'éclaircit avec du lait. Et puis l'annonce ne prévoyait pas ça. Il n'était écrit nulle part que je deviendrais un page (c'est Claire qui m'a appris le mot) au service d'une reine aveugle. J'avais été embauché pour faire la lecture, mal certes, mais uniquement la lecture. Claire avait décrété que, tant que je ne m'améliorerais pas, je devrais m'acquitter d'autres tâches, notamment lui porter son thé le samedi en l'absence d'Amélia. C'était ça ou perdre le job. Aujourd'hui, c'est devenu une tradition et je ne laisserais quelqu'un d'autre s'en charger pour rien au monde.

— Tu as couru, Adam ?

— Non. Enfin oui. Comment vous savez ?

— Tu sens la transpiration des marathoniens.

— J'ai eu une matinée mouvementée.

Sans même qu'elle me le demande, je raconte tout à Claire d'une traite : l'autre encore bourré devant la télé ce matin, les fissures au plafond, le Red Bull, l'empreinte du renard, Ben et Cosima à Banksy Tunnel – un journaliste du Guardian veut publier un article sur leur tableau – notre virée à Balham, l'église polonaise, la statue de Saint-Paul, l'Amour qui ne meurt jamais – c'est vrai ça ? Je parle pour m'empêcher de penser au quai de gare. À ma mère. À Eva.

— Rien de plus ? C'est d'avoir passé la matinée entre Waterloo et Balham qui te met dans un état pareil ?

Je ne sais pas quoi répondre. Il faut que je trouve quelque chose à dire et vite, pour ne pas laisser le temps au sixième sens de Claire de me rattraper. Trop tard. Elle me demande si j'ai rencontré quelqu'un.

— Ta mère est revenue ?

— Non. Une fille. Une fille qui m'a rappelé ma mère. À Clapham Junction. Elle avait l'air perdu. Je l'ai suivie des yeux.

— Elle était jolie ?

— J'ai pas remarqué. Enfin, pas tout de suite. En fait si, elle était très jolie. Quand le Gatwick Express a surgi, elle s'est jetée dessous. Je l'ai rattrapée de justesse par la bandoulière de son sac.

Claire est fascinée.

— Et après ?

— Comment ça après ?
— Oui, vous vous êtes parlé ?
— Non. Elle m'a regardé longuement et elle s'est enfuie.
— C'est tout ?
— C'est tout.

Claire ne répond rien. Elle laisse s'installer le silence, une technique qu'elle maîtrise parfaitement. Elle ne prononce plus un mot jusqu'à ce que je sois mal à l'aise et reprenne le fil de l'histoire.

— Bon, d'accord, si vous voulez savoir, elle s'est approchée de moi et m'a touché.

— Tu veux dire qu'elle t'a ému ?

— Non, elle m'a touché, physiquement. Elle m'a repoussé.

— Comment ça elle t'a repoussé ?

— Elle a posé sa main sur ma poitrine et elle m'a poussé quand j'ai voulu lui rendre son sac.

— Et toi tu as fait quoi ?

Rien. Je n'ai rien fait comme je ne fais jamais rien qui sorte vraiment des clous, même si l'envie m'en démange souvent. Même voler, j'ai arrêté depuis que Mister Ferguson m'a gaulé avec un paquet de tampons planqué sous mon sweat. Après tout, plutôt que de me faire chier à bosser au supermarché pour essayer de me sortir de l'Eden, j'aurais pu devenir guetteur pour les caïds de la coke ou gravir les échelons d'une bande qui deale à la sortie du collège. Un chef m'aurait sans doute repéré et pris sous son aile. Il m'aurait montré les dangers et les ficelles du métier, l'exaltation aussi de ne pas se faire choper. Sans doute un peu plus grande que pour un paquet de Tampax. Et puis j'aurais vite gagné du fric. Plein de fric qui nous aurait acheté notre liberté, à Lauren et à moi, et nous aurait permis de foutre le camp en Espagne à la recherche de notre mère pour lui dire exactement ce que je pense d'elle. L'autre n'en aurait rien eu à foutre. Au contraire, ça l'aurait débarrassé. De toute façon pour lui, tout est ma faute. Mais voilà, je ne pouvais pas prendre le risque de me faire arrêter et de finir en tôle. Que serait devenue ma sœur? Alors je me suis policé tout seul. Au lieu d'un dealer de coke, c'est sous l'aile d'une vieille prof d'université aveugle que je me retrouve aujourd'hui, à lui servir le thé trois fois par semaine dans une putain de théière, tout en bouffant des biscuits et en tournant les pages moisies d'un Dickens.

Je n'ai rien fait non plus quand Eva se tenait devant moi. J'aurais pu lui caresser les cheveux, la joue, la bouche, la rassurer. Lui dire que se jeter sous un train ne résout rien. Je ne sais pas. J'aurais pu l'embrasser, réagir, lui parler. Éclater de rire comme avec Karolina. Je n'en serais pas là, à me demander qui elle est.

— Qu'est-ce que tu as fait du sac? demande Claire.

— On l'a rapporté avec Pawel. La clef se trouvait au fond.

— Vous êtes entrés chez elle?

— J'ai posé le sac sur une chaise et je suis parti.

— C'est malin! Comment tu vas faire pour la revoir maintenant?

— J'ai appelé mon numéro avec son portable. Comme ça elle a le mien et moi le sien. On verra bien si elle m'envoie un message.

Claire ne comprend rien à nos histoires de portables, c'était moins compliqué de son temps. Elle m'assaille de questions, comme une gosse – *Et si elle ne me contacte pas ? Est-ce que je crois qu'elle a un amoureux ? Pourquoi a-t-elle voulu se suicider ? On va lire* Anna Karénine. *Et* Roméo et Juliette *!* – on dirait Lauren quand elle a embrassé un garçon pour la première fois, il y a deux mois, les références littéraires en plus.

Ma sœur avait profité d'un soir qu'elle ne trouvait pas le sommeil pour me poser une foule de questions. Bien sûr, elle s'était d'abord assurée que je ne dormais pas. « Adam ? Tu dors ? Eh, tu dors ? Tu dors ou pas ? Ah, tu dors pas. Tant mieux. Dis, je peux te poser une question ? » Depuis l'épisode de ses premières règles, Lauren ne croyait plus ce que racontaient les grandes dans la cour de l'école, enfin si, mais elle voulait quand même vérifier auprès d'un homme. Et le seul homme qu'elle connaissait, c'était moi. Hors de question de parler de tout ça à l'autre. Il lui aurait interdit de revoir ce fameux garçon. Quel garçon ?! À douze ans Lauren était devenue une femme. À quatorze ans, elle choisissait de l'être. Mais moi, je ne voulais pas que les mecs s'intéressent à elle. Je ne voulais pas et pourtant je n'y pouvais rien. Et surtout, je refusais de la traiter comme l'autre l'aurait sans doute traitée s'il avait su. Malgré tout, je n'avais pas passé les huit dernières années à veiller sur elle pour laisser le premier venu l'abîmer. Je lui avais demandé l'âge du môme en question. Presque quinze ans. C'est lui qui avait fait le premier pas ? Il avait les mains baladeuses ? Oui, enfin non. Enfin, elle préférait ne pas en parler. Ils s'étaient contentés de s'embrasser ou c'était allé plus loin ? Et puis ça s'est passé où d'abord ? Derrière un buisson du parc, en rentrant du collège. Mon expérience avait beau être maigre, je me doutais de ce que cherchait un ado, seul avec une fille, derrière un buisson. Surtout une fille de quatorze ans qui n'oserait pas dire non ou ne serait pas écoutée et n'avait pas la force physique nécessaire pour le repousser. « Première chose Lauren, si tu l'embrasses, tu fais ça dans la rue, devant tout le monde. Ça te rendra populaire auprès de tes copines et ça évitera que le mec – comment il s'appelle ? Ethan – ça dissuadera Ethan de faire une connerie. Et s'il s'approche de trop près, et que tu sens que ça va déraper et que tu n'as pas envie, tu lui attrapes les couilles et tu serres à les faire exploser. Tu comprends ? » Je m'étais tenu l'entrejambe en grimaçant de douleur à la simple évocation du geste. Pendant une seconde, l'humiliation infligée par Karolina était réapparue. L'humiliation et l'agonie.

« C'est le grand amour alors ? » demande soudain Claire. Comment ça le grand amour ? Ça tient à quoi le grand amour ? Par rapport à l'amour tout court, je veux dire. Qu'est-ce qui fait que c'est grand ou non ? De l'amour, je n'ai pas vu grand-chose qui m'ait plu, à part l'amour fraternel que je porte à Lauren. « Tu sais bien si tu es amoureux ou pas », récidive Claire. Elle est excitée comme une puce. Une puce aveugle. Je ne l'ai jamais vue comme ça, à tressauter dans son fauteuil, un sourire jusqu'aux oreilles et ses cheveux gris soulevés par la brise. Je ne sais pas. Ça fait quoi d'être amoureux ? On peut être amoureux de quelqu'un à qui on n'a jamais parlé ? Qu'on n'a jamais embrassé ? Même ma sœur a embrassé son Ethan. Moi, à part Karolina, je n'ai connu aucune autre fille. C'était ma première et elle m'a brisé le cœur. C'est ça être amoureux ? Et être amoureux, c'est pareil qu'aimer ? Comment je peux savoir moi, avec un père qui cognait ma mère. Et l'Espagnol avec qui elle s'est barrée, il est gentil avec elle au moins ? Ça veut dire quoi aimer ? Être gentil, cogner, violer, fuir ? Lequel je prends moi ?

Je ne puis davantage écouter en silence. Il faut que je vous parle, avec les moyens dont je dispose. Vous transpercez mon âme. Je suis tiraillé à mi-chemin entre l'angoisse et l'espoir. Ne me dites pas qu'il est trop tard, que de si chers sentiments se sont à jamais évanouis. De nouveau, je vous offre ma vie. Mon cœur vous appartient encore plus entièrement que lorsque vous l'avez brisé, il y a huit ans et demi. Ne vous imaginez pas que les hommes oublient plus vite que les femmes, que leur amour plus tôt s'éteint. Je n'ai jamais aimé que vous. Injuste, j'ai pu l'être, faible et rancunier, je l'ai été, mais inconstant, jamais. Je suis venu à Bath pour vous uniquement. À vous uniquement je songe, et pour vous uniquement je forme des projets.

Claire est capable de réciter des chapitres entiers de bouquins qui l'ont marquée. Je reconnais la lettre du Capitaine Wentworth à Anne Elliot dans *Persuasion* que je lui ai lu récemment. Mais l'Amour d'aujourd'hui n'a rien à voir avec celui du temps de Jane Austen. « Les chefs-d'œuvre sont intemporels parce qu'ils sont universels », me répond Claire. « Être amoureux, Adam, c'est être tiraillé entre l'angoisse et l'espoir, comme le décrit si bien Wentworth dans sa lettre. On se sent fébrile, on attend, on se pose des tonnes de questions tant qu'on n'est pas certain des sentiments de celui ou celle qui nous a séduits. On ne pense qu'à elle ou lui. L'attente est intenable ; on la supporte parce qu'on garde espoir. Et encore ! C'est ça être amoureux : le point d'équilibre entre supplice et volupté, une fébrilité qu'un oui ou un non suffit à faire basculer vers la joie la plus intense ou l'accablement le plus profond. Peu de choses ont changé depuis 1817. L'attente est toujours la même. »

J'ai envie de lui répondre que peu de choses ont changé, sauf tout. Aujourd'hui, c'est Tinder et Only Fans, le porno, les *sex tapes* et le Kul de Kim Kardashian. Les cachets de MDMA que les dealers écoulent à la sortie des écoles, le Viagra que les plus friqués commandent en ligne et revendent aux autres, les gamines de treize ans qui font des gorges profondes à des mômes à peine plus vieux qu'elles, pour cinq balles, dans les toilettes du collège. L'angoisse, l'espoir, ça n'existe plus. Enfin si, l'angoisse. Quant à l'attente, personne aujourd'hui ne poireauterait huit ans et demi, comme Wentworth, pour savoir si sa fiancée veut toujours de lui. Il y a longtemps qu'il aurait déjà fait glisser les profils sur son téléphone, et elle aussi. L'amour, on le découvre sur YouPorn, un rouleau de papier toilette à portée de main, et on raconte à tout le monde qu'on l'a déjà fait « pour de vrai ». Et les filles sont pareilles ; celles qui en parlent le plus ont rarement connu autre chose que le manche de leur brosse à cheveux. La plupart se laissent faire quand un garçon leur saute dessus. Elles ont trop peur que leurs copines se moquent mais surtout, si elles disent non, elles prennent le risque que le mec inonde les réseaux sociaux des selfies d'elles à poil, les *nudes* qu'elles leur ont envoyés pour les démanger. Les mecs, eux, ne sont pas fous, ils textent seulement des *dick pics* sans visage, juste une photo de leur bite.

L'attente n'existe plus. L'espoir à peine. L'angoisse, elle, est partout. Aujourd'hui, c'est la maîtresse du jeu.

21

C'est vrai, mon frère et moi avons grandi dans la violence. Adam s'imagine que j'étais trop jeune pour m'en souvenir, mais je n'ai pas oublié les bruits de notre enfance ; les coups, les cris, l'eau qui coule, le grincement de la porte quand elle l'entrouvrait pour vérifier si nous dormions. Son visage, son regard, sa voix sont flous, même si Adam répète que nous avons hérité de ses yeux. Pour moi, c'est comme si elle n'avait jamais existé et d'ailleurs je n'ai aucune envie de la revoir. Je ne lui pardonnerai jamais d'avoir foutu en l'air la vie de mon frère.

Il a toujours eu à cœur de me raconter des anecdotes et de me parler d'elle comme si elle s'était simplement absentée le temps d'une course. Une course en Espagne. Il y mettait tellement de lui que j'ai fini par jouer le jeu, pour lui offrir au moins cette joie. C'est un mec bien mon frère. Il m'a toujours protégée. Il s'est toujours interposé quand les coups risquaient de m'atteindre.

J'ai fait mes premières crises d'angoisse le jour où notre père s'en est pris à Adam. Au début, il lui reprochait tout ce qui était arrivé ; si mon frère n'était pas né, jamais ils n'auraient acheté de maison, jamais ils n'auraient croulé sous les dettes et se seraient fait écraser par la banque. Il ressassait constamment la même rengaine. Parfois, il se tournait vers moi, en chialant à moitié pour excuser ses accès de violence, et il insultait Adam quand ce dernier osait pleurer. Et puis il y a eu cette scène horrible où Adam s'est retrouvé KO sur le sol de la cuisine. J'ai tout vu depuis le trou de la serrure. J'étais morte de peur. J'ai cru qu'il allait le tuer. J'ai voulu sortir de la chambre mais Adam m'a ordonné d'y rester. J'ai été prise d'une forte envie de vomir tout à coup. J'ai ouvert la fenêtre et j'ai gerbé dans les jardins de l'Eden. Ensuite je me suis calfeutrée sous ma couette, oreiller sur la tête. Je me suis répété que ce n'était pas possible, j'avais mal vu, l'autre n'était pas en train de dégommer mon frère dans la pièce à côté.

Je tremblais de partout. Je claquais des dents sans pouvoir me contrôler. J'arrivais à peine à respirer entre deux sanglots. Alors je me suis pincée. Fort. Sur le haut de la main. Entre le pouce et l'index. La douleur m'a un peu soulagée. J'ai pincé davantage jusqu'à ce que l'oxygène passe de nouveau par ma trachée. Je ne voulais pas que mon frère s'inquiète. Je ne lui en ai jamais parlé. J'ai ajouté ce secret aux autres.

De fil en aiguille, j'ai continué à me pincer dès que l'angoisse menaçait, à la maison, à l'école, partout. Les cuisses. Sous le bureau pour qu'on ne me voie pas. Ou bien l'avant-bras, à travers mon pull. La petite peau fine sous le poignet. Je tirais dessus. De plus en plus fort. La douleur s'intensifiait. Je donnais un quart de tour, sans lâcher, jusqu'à ce qu'elle m'apaise. Quand les autres élèves se moquaient de moi et que je sentais les larmes monter, je me pinçais pour ne pas montrer ma faiblesse et risquer de devenir leur souffre-douleur. La torture que je m'infligeais atténuait mes angoisses et me procurait un étrange soulagement. J'ai continué plus fort, plus longtemps, sur l'avant-bras. Les bleus qui se formaient lentement sous ma peau, à mesure que les vaisseaux sanguins éclataient, me fascinaient. J'éprouvais un bien réconfortant à me faire mal. Chaque fois que la panique, la peur ou la honte s'emballaient, que je ressentais le moindre début de mal-être, je m'infligeais rapidement un supplice afin que la douleur physique calme les autres. Au bout d'un moment, il a fallu que je me pince pendant de longues minutes pour me reconnecter à des sensations, même pas des émotions. Des émotions, je n'en ai jamais vraiment eu.

Très vite ça n'a plus suffi. J'avais beau pincer, tordre, tirer, cela ne me faisait plus mal. Je ne sentais plus rien. J'avais apprivoisé la douleur et fait grimper d'un cran mon seuil de tolérance. Alors j'ai enfoncé mes ongles dans la chair. Je l'ai griffée, égratignée, écorchée. Ça n'a plus suffi non plus, au bout d'un moment. Mes ongles étaient trop mous.

J'ai volé un produit pour les durcir chez Boots. Je grattais,

grattais, grattais et me calmais au premier sang. Si j'étais en classe, je portais mes doigts à la bouche, sans empressement, et suçais le rouge qui en maculait l'extrémité, comme un animal blessé. Je demandais ensuite à quitter le cours – « s'il vous plaît Madame » – en prétextant que j'avais bêtement déchiré la croûte d'une plaie ancienne. Je prenais garde de ne pas faire le coup aux mêmes profs trop souvent. On m'aurait posé des questions. Des vraies. Je me lavais les mains, mouillais un peu de papier hygiénique et m'asseyais sur les toilettes pour nettoyer le sang qui coagulait doucement le long de mes avant-bras ou de mes cuisses. Je me sentais instantanément mieux, comme si la main qui me soignait n'était pas la mienne mais celle de quelqu'un qui se souciait de moi. Quelqu'un pour qui mon existence comptait. Quelqu'un d'autre que mon frère. Bien entendu, les griffures laissaient des traces pendant plusieurs semaines. J'accusais les chats et les ronces qui envahissent les alentours de l'Eden. Et puis un jour, ces écorchements volontaires ont eux aussi cessé de me soulager.

Je me suis alors planté des crayons fraîchement taillés d'abord dans le gras de la main puis sous les ongles. Je contrôlais la douleur physique pendant quelques minutes, en appuyant, mais la souffrance intérieure finissait toujours par la rattraper, la dépasser jusqu'à ce que je trouve un nouveau moyen de reprendre le dessus en l'augmentant, en lacérant ma peau à l'aide de nouveaux instruments : ciseaux que je démembrais pour mieux en aiguiser le tranchant avant de me taillader les avant-bras, lames de cutter sur le haut des cuisses, compas sur les poignets. Je ne suçais plus le sang. Il y en avait trop. Je l'étalais et laissais tout ce rouge m'apaiser. Plus j'avais mal, plus je me sentais exister. J'avais enfin des raisons de souffrir, visibles, tangibles. Des raisons dont je pouvais ensuite caresser les cicatrices sur ma peau. Ma souffrance ne tenait plus qu'à moi. Je la contrôlais et ne pouvais en rejeter la responsabilité sur personne d'autre que moi. Ni mon père. Ni ma mère.

C'est devenu une addiction que j'essaie de distraire en jouant à Fortnite avec Adam pendant des week-ends entiers, pour me vider la tête, cesser de penser et me laisser porter par le jeu. Faire mal aux autres plutôt qu'à moi-même, au moins virtuellement. Parfois j'ouvre le tiroir dans lequel mon frère a caché le portrait de ma mère jeune, floue. Je le caresse et ne le quitte pas des yeux durant de longues minutes. Souvent je l'embrasse puis je saisis le couteau caché sous la photo. La lame est très coupante, c'est mieux, ça permet de faire des entailles nettes. Je tranche en biais, presque à plat. Elles prennent de la profondeur dans le gras de l'avant-bras ou de la cuisse, sans risquer de sectionner une veine importante. Seule la chair saigne, comme les steaks dans la vitrine d'un boucher.

À force, les plaies prennent de plus en plus de temps à cicatriser. Je les dissimule sous des manches longues et des vêtements amples. Quand Adam me pose la question, je lui réponds que c'est pour dissimuler mes fesses et mes seins naissants.

22

Jamais Eva ne tombera amoureuse d'un mec comme moi. Je veux dire le vrai moi, pas celui qui se déguise en jean, polo et Stan Smith pour éviter de se faire embarquer par les flics sur un coup de fil des voisins. Claire n'aime pas quand je tombe dans ce genre de spirale défaitiste, comme elle l'appelle. Elle me dit que je devrais avoir davantage confiance en moi, que si je viens ici depuis trois ans, ce n'est pas pour retourner à la case départ. Mais c'est bien le problème ; je n'ai jamais eu de case départ. Et puis Claire est aveugle, elle ne connaît pas ma gueule de misère, celle que tout le monde regarde de travers et qui fait fuir, même Eva.

J'ai la tête rasée, carrée, dure. On devine mon crâne sous le duvet blond ; ça inquiète. Mes sourcils aussi sont blonds, épais, profonds comme une tombe. J'ai des taches de rousseur plein les bras, le torse, le dos et la figure ; des taches d'Écosse héritées de l'autre. Dans quelques années j'aurai aussi son corps robuste, ses bras aux veines saillantes, ses pectoraux puissants, ses biceps musclés, son cou de taureau et ses épaules qui forment un A à la croisée avec la nuque. Lauren répète que toutes ses copines me trouvent *trop canon*, surtout les yeux ; ceux de ma mère. Ceux de ma sœur aussi – même forme, même bleu marine, même mélancolie. Mais les copines de Lauren ne sont pas filles d'architecte. Une fille d'architecte a d'autres ambitions qu'un mec qui a grandi au milieu du Brutalisme de l'Eden. Je ferais mieux d'oublier Eva.

Claire soupire. Ben n'est-il pas le parfait contre-exemple à ma théorie peut-être ? Il est toujours avec cette fille de Chelsea dont je lui ai parlé, non ? Celle qui a un nom de call-girl. Non. Je veux dire si, mais Cosima vit à Kensington avec ses parents, pas à Chelsea. Et puis je ne suis pas comme Tadalesh, moi. Mon nom ne signifie pas « celui qui a de la chance », dans aucune langue.

« Ne sois pas de ces hommes qui baissent les bras à la première difficulté, Adam. Si ça se trouve, Eva ne pense qu'à toi aussi depuis ce matin. »

À la première difficulté ? Claire pense vraiment ce qu'elle dit ? Elle connaît ma vie pourtant, je la lui ai racontée. Pas en détail mais suffisamment pour qu'elle sache que j'en ai chié et que j'en chie encore. J'aurais pu déclarer forfait il y a des années. Je me suis toujours démené pour avancer. Tout seul. Elle a déjà fait un tour de l'autre côté des voies ferrées ? On n'avance pas de là où je viens, on se bat pour reculer le moins possible jusqu'au jour où on lâche l'affaire. Elle comprend ça ? Et même si je ne sais pas bien où je vais, j'essaie quand même d'aller quelque part, pour ne pas faire de surplace et terminer en bouquet de fleurs sur un portail mal huilé. Baisser les bras ? Les miens sont tendus depuis que j'ai neuf ans. Il y a longtemps que tout se serait écroulé autour de moi sinon. Si parfois je les baisse, ce n'est pas parce que je crains les difficultés, c'est parce que je fatigue. Je n'en peux plus. J'en ai marre de me demander si tout ça a un sens, une fin ou bien si je suis condamné à mon existence. Comment je m'en sors, moi ? Elle le sait ? Comment je fais pour ne pas finir comme l'autre ou sous un train ? On a beau essayer, essayer, essayer encore, il y aura toujours des salauds pour estimer qu'on n'aurait pas dû baisser les bras. Je n'aurais jamais cru que Claire en fasse partie. En général ils ajoutent des conneries du genre « quand on veut, on peut » ou « c'est juste une question de volonté », avec un sourire condescendant.

Pour que la volonté puisse au moins germer, il faut un minimum d'espoir. « Sans l'espoir, Claire, vous pouvez vouloir tout ce que vous voulez, c'est foutu d'avance. Et moi, l'espoir, j'en ai jamais eu, sauf depuis que je vous ai rencontrée. Alors si maintenant vous estimez que je ne suis pas à la hauteur, autant qu'on arrête tout de suite ! » Parce que c'est trop facile de me balancer des trucs pareils depuis cette grande baraque vide comme un cimetière. Je n'ai jamais baissé les bras et j'en ai assez de baisser les yeux quand les bienveillants, les bien-pensants et surtout les bien méprisants décident de m'expliquer comment m'en sortir.

Je lui demande, moi, si elle a baissé les bras après Omagh, quand elle était à l'hosto et qu'on enterrait les restes de son mari et de sa gamine ?!

Silence.

Silence.

Silence.

Claire toussote puis prend une gorgée de thé pour faire passer la boule dans sa gorge. Le silence continue de s'installer, sans que nous osions le briser. Elle tourne enfin la tête vers l'endroit où je me tiens. Le reflet honteux de mon visage me juge depuis ses lunettes noires. Je suis ahuri. Qu'est-ce qui m'a pris ? Je viens de perdre le seul être qui pouvait me guider hors du trou qu'est l'Eden, de trahir la seule personne qui m'ait traité comme un fils depuis que ma mère a disparu. J'hésite à déguerpir. Claire m'entend bouger. « Non Adam, tu ne vas pas fuir comme un poltron en plus du reste ! »

Au bout de quelques secondes, elle s'éclaircit la voix discrètement, puis murmure : « Tu as raison. Cette maison est devenue un mausolée et moi un fantôme au milieu de mes fantômes. Mais tu es bien placé pour savoir qu'il est impossible de remplacer les gens. Je ne m'attendais pas à ce que tu prennes autant de place dans ma vie. Tu m'as permis de redécouvrir le goût des livres, de la conversation et des autres. Le goût de l'amitié. Tu es un garçon exceptionnel, Adam. Je suis très fière de toi et de la manière dont tu t'occupes de ta sœur. Tu n'as jamais baissé les bras et tu ne les baisseras jamais. Je le sais. C'est même ça qui me donne la force de continuer depuis trois ans. Je te demande pardon. »

Ma gorge se noue sous l'effet de la surprise ; personne ne m'a jamais dit qu'on était fier de moi. Claire ne prononce plus un mot. Elle m'entend inspirer de grandes bouffées d'air qui me secouent dans une espèce de hoquet d'émotion. J'essaie de me retenir. J'entends la voix de l'autre me ridiculiser – « Tu ne seras jamais un homme si tu pleurniches tout le temps. Maîtrise-toi bon sang ! Maîtrise-toi espèce de femmelette ! » – mais c'est plus fort que moi. Je ne contrôle plus rien. Je sens les larmes rouler toutes seules le long de mes joues, ces larmes que je retiens depuis tout ce temps.

Je chiale comme un gosse. Je suis un gosse. J'ai honte. Pas seulement de pleurer devant Claire mais de l'avoir agressée et surtout qu'elle ne m'ait pas agressé en retour, moi qui ai l'habitude du dent pour dent. Je n'ose pas la regarder. Paradoxalement, je me sens soulagé. Je chiale de plus belle. Je lève les yeux vers elle. Elle se lève tout à coup et ouvre grand les bras. Je m'y réfugie – mon corps lourd, maladroit, recroquevillé dans son étreinte fragile, le visage enfoui dans son épaule. Elle me berce en me caressant le crâne et chuchote à mon oreille que ça va aller, tout passe, le meilleur est à venir et d'autres choses qui paraissent presque possibles.

Nous restons ainsi prostrés dans les bras l'un de l'autre pendant un long moment. Quand je me dégage enfin, Claire sèche doucement ses larmes en se tapotant les yeux avec son foulard. Je renifle les miennes dans le revers de ma manche. Nous ne savons pas quoi nous dire. Je lui demande sans conviction si elle souhaite que je reprenne notre lecture où nous l'avons laissée la dernière fois.

« Tu as le cœur à lire après une émotion pareille, Adam ? Non. Moi non plus. Je ne sais pas si j'ai la tête à écouter les mots des autres. Je crois que j'ai envie d'être un peu seule avant le retour d'Amélia. Et puis, tu as autre chose à faire le jour où tu tombes amoureux pour la première fois, non ? Tu vas sortir d'ici et envoyer un message à Eva. Tu vas lui fixer un rendez-vous et tu vas la rencontrer. Tu attendras sa réponse et à deux cents ans d'écart, tu seras tiraillé entre l'angoisse et l'espoir comme le Capitaine Wentworth. »

Il est midi et demi. Je ne suis resté qu'une demi-heure chez Claire au lieu des deux heures et demie habituelles. Mon sac à dos est beaucoup plus léger maintenant que je lui ai rendu les bouquins qu'elle m'avait prêtés. Le parc étire son gazon à perte de vue. Deux jardiniers municipaux, casque sur la tête, tracent de méticuleuses bandes horizontales sur toute sa largeur, au volant de tracteurs-tondeuses monumentaux. Les chemins disparaissent sous les petits monticules d'herbe fraîchement coupée. Je shoote dedans et découvre le sentier en m'efforçant de chasser mes pensées ou plutôt d'en faire surgir de nouvelles. Je crois que je n'ai jamais pleuré autant de ma vie qu'à l'instant avec Claire. Je ne peux me confier à personne ; ni à mes amis qui seraient gênés, ni à Lauren que je craindrais trop d'inquiéter. Je partage désormais ce secret avec Claire et Claire uniquement. Cette idée me réconforte. Au loin, Amélia et ses copines pique-niquent toujours sous leur platane, guitare à la main.

Je n'ai pas envie de rentrer à l'Eden, pas envie non plus d'envoyer un message à Eva. Je rebrousse chemin et longe les terrains de tennis où des gamins en tenue blanche renvoient des balles à leur prof. Certaines passent le filet mais nombreuses sont celles qui s'empilent de leur côté du court. J'empoigne mes écouteurs. Je voudrais que la musique m'extirpe de cette journée qui, hélas, est loin d'être terminée. Je parcours la *playlist* piratée que Pav a transférée sur mon téléphone il y a quelques jours. Une notification apparaît. Nouveau message. C'est Ben qui me demande si tout s'est bien passé chez Eva.

Alors ? Elle attendait devant chez elle ?

Non. Imagine si elle avait déboulé pendant qu'on y était. Je serais mort sur place.

T'es amoureux ?

Je raconte à Ben mon émoi lorsque je me suis retrouvé chez Eva ; la théière encore tiède, le siège où elle s'est sans doute assise ce matin, les livres cornés de la bibliothèque, sa chambre. Le placard. Le tiroir. Les sous-vêtements d'Eva. « Quand je les ai caressés, je n'ai pas eu l'impression de faire quelque chose de mal, au contraire. Je me suis senti si proche d'elle que rien ne m'a semblé indécent. »

La réponse de Ben tarde à venir. Je sens que je suis allé trop loin. Il me juge sans doute à l'autre bout du fil. Lui n'aurait jamais ouvert de tiroir dans la chambre de Cosima. Il est trop classe pour ça. Toujours pas de réponse. Je me pose sur un banc sans détacher les yeux de l'écran. Mon téléphone vibre enfin.

Quand tu regardes en arrière, mec, t'as l'impression que chaque étape de ta vie t'a conduit jusqu'à elle ?

J'ai un mouvement de recul. C'est ce que Ben m'a dit à propos de Cosima il y a quelques mois.

J'ai dix-sept ans et demi, comment je peux savoir ces choses-là, mec ?

Crois-moi, quand tu sais, tu sais.

Arrête tes conneries, c'est pas si simple !

L'image d'Eva sur le quai ce matin se mêle à celle de ma mère dans mon imagination. Mon téléphone vibre pour me signaler deux nouveaux messages.

D'abord Eva.

Je n'en reviens pas que t'aies rapporté mon sac. T'es gonflé d'être entré chez moi comme ça ! T'as de la chance que je prévienne pas la police !

Puis Ben.

Il n'y a rien de plus simple, mec.

Et quelques secondes après, de nouveau Eva.

T'es libre pour qu'on se voie ?

23

Je suis en avance. Elle a insisté pour que nous nous rencontrions dans un café. J'ai répondu que je préférais le parc. Je voulais la voir à la lumière du jour, pas dans la pénombre comme ce matin à la gare. Et puis, pour être honnête, j'ai pensé qu'elle avait peut-être prévenu les flics et qu'ils lui avaient suggéré de m'attirer dans un endroit clos pour me coincer facilement. Après tout, Pav et moi sommes rentrés chez elle, peut-être qu'un voisin fouineur aura mis la police dans le coup.

Je regarde mon écran toutes les deux secondes. Je ne veux pas la harceler, lui demander si elle est encore loin. Je tape un début de blabla, puis l'efface, puis en tape un autre que j'efface aussitôt aussi. Je me distrais en regardant une vidéo débile, puis la suivante, la suivante et la suivante jusqu'à ce que je n'en puisse plus de la bêtise du monde. Chaque fois que quelqu'un s'approche du banc, je sursaute et m'imagine que c'est Eva. Cette attente me rend fou.

Qu'est-ce qu'on va bien pouvoir se dire ? Je ne peux pas lui poser de questions sur sa tentative de suicide, ça la braquerait. Il vaut mieux lui laisser aborder le sujet elle-même. Si elle m'a contacté, c'est sûrement pour me remercier, pas seulement pour le sac, aussi de lui avoir sauvé la vie. Je répondrai que n'importe qui d'autre aurait fait la même chose, bien qu'aucun autre voyageur sur le quai n'ait levé le nez de son écran. Pour le sac, je m'excuserai d'avoir fouillé dedans. Je cherchais simplement à savoir où le rapporter. On s'est tapé un sacré jeu de piste. Non, pas « on ». Je ne veux pas qu'elle sache que Pav a mis les pieds chez elle, elle risquerait de le prendre mal. Je lui dirai que je m'y suis rendu tout seul, que je n'ai rien touché. Enfin, à part un livre ou deux et la théière, mais je ne parlerai pas de son tiroir. Ni de la médaille du meilleur architecte de son père.

Pourquoi s'est-elle enfuie sans son sac d'ailleurs ? Je ne comprends pas. Elle aurait pu le récupérer quand il pendait au bout de mon bras. Peut-être qu'elle a eu honte d'avoir voulu se jeter sous le train soudainement. La honte décuple dans le regard des autres. Ou bien elle a eu peur, comme moi. L'angoisse de la mort pour elle ; de la vie pour moi.

Et si elle me reprochait d'être entré chez elle. Elle est peut-être furieuse. Je me demande comment elle a fait pour ouvrir la porte d'ailleurs puisque ses clefs se trouvaient dans son sac.

Je me dis maintenant qu'elle va débarquer avec les flics. C'est sûr. Un voisin s'en est mêlé. Un passant me regarde bizarrement. Il promène son chien. Et si c'était un policier en civil ? Je deviens parano. Si ça se trouve elle est déjà là et se marre de loin en m'observant crever de trouille comme un con sur mon banc. Je bande. Merde ! Putain ! Je bande de trouille une fois de plus ! Je ne vais pas pouvoir me lever. Il vaut mieux que je me barre. C'était une mauvaise idée de toute façon. Le mec au chien se rapproche. Il va me sauter dessus ! Il faut que je me casse d'ici au plus vite !

« Salut ! » Eva se tient debout derrière moi. Je me rassois immédiatement et me tourne pour lui faire face. Le soleil m'aveugle. Je perçois les contours de son visage, comme une photo floue. Elle s'écarte un peu et éclipse la lumière. Son ombre me la révèle soudain. Elle est encore plus belle que ce matin. Ses yeux verts me dévisagent calmement. Je réponds « salut » et me reproche intérieurement ma banalité. Elle contourne le banc et aperçoit la bosse dans mon pantalon.

— Dis donc, t'as pris du Viagra ou c'est à chaque fois que tu me vois ?

Je rougis. C'est dingue comme les filles remarquent tout. Karolina, Eva, elles ont constamment les yeux sur l'entrejambe des mecs ou quoi ? J'espère que Lauren n'en est pas déjà là !

— Tu vas me dire ton nom ? demande-t-elle en riant.

— Adam.

— Moi c'est Eva.

— Oui, je sais. Eva Cerwinski.

Elle me sourit.

— Bon, on va pas rester assis comme des vieux. On se balade un peu ?

— T'es toute seule ?

— Oui, pourquoi ? T'aurais préféré que je vienne accompagnée ?

Aucun flic à l'horizon, je me sens soulagé. Nous marchons en silence pendant plusieurs minutes sans que personne n'ose démarrer la conversation. Je pense à Ben et Cosima. À Obama aussi. J'essaie de trouver le courage de dire quelque chose, n'importe quoi. Des dizaines de questions se bousculent en moi. Aucune ne semble vouloir faire surface. Elle doit s'imaginer que je suis complètement débile. Nous coupons à travers la pelouse jusqu'aux marronniers en fleurs. Je me lance.

— Pourquoi t'es pas partie en vacances avec ta famille ?

— Comment tu sais ça ?

— C'est le prêtre qui l'a dit à mon pote Pawel.

— Pawel ?

— Ouais, il est polonais.

— Vous êtes allés à l'église ?

— Bah oui, pour te chercher. C'était l'idée de Pav

— Et le père Wisniewski n'a rien dit d'autre ?

— Non. Pourquoi t'es restée à Londres alors ?

— J'avais pas envie, c'est tout. Tu sais les vacances avec mes parents et mon petit frère, c'est pas vraiment fun.

Je ne sais pas. Je n'ai ni parents, ni petit frère. Quand ma grand-mère était en vie, elle nous emmenait au McDo une fois ou deux. C'était ça, nos vacances. Après sa mort, je les ai passées à buller à l'Eden avec Ben et Pav ou à regarder la télé pendant des heures près de Lauren jusqu'à ce que l'autre rentre du boulot. À partir de mes treize ans, j'ai bossé au supermarché dès que j'avais des congés. Cinq heures par jour à quatre Livres de l'heure. Cent Livres au bout d'une semaine. Tu t'achètes quoi avec cent Livres ? Là d'où vient Eva, c'est une rallonge pour un nouveau gadget qu'on veut bien t'offrir « si tu en paies une partie de ta poche ». Je les voyais au collège, les gosses de riches qui crânaient avec du fric tombé du ciel, et les autres qui paradaient avec leurs Adidas tombées du camion. Entre les deux, je me cherchais une appartenance en serrant mes pauvres cent balles qui ne se transformaient jamais en rien. Cent balles de rêves qui restaient en suspens parce qu'il manquerait toujours la mise de départ. Cent balles qui finissaient en poupée Barbie pour offrir un semblant de normalité et de bonheur à Lauren.

Peut-être que si elle avait eu une sœur, Eva serait partie en vacances avec ses parents, parce qu'une sœur, surtout une petite sœur comme la mienne, c'est *fun* et plein d'imprévus. On a envie de la porter sur ses épaules pour lui ouvrir le monde, de le découvrir à travers ses yeux parce que les petites sœurs ont le don de tout rendre plus beau. « Comme quand on est amoureux en somme », répond Eva. Peut-être. C'est ce qui dit mon pote Ben, et Pav aussi maintenant qu'il s'est entiché de sa Béata. Et elle, elle a déjà été amoureuse ? Non, mais elle l'a lu dans tellement de romans que ça doit bien être la vérité. Elle aime lire. Je ressens comme un picotement au cœur.

Quand elle s'était aperçue que je prenais goût à la lecture, Claire m'avait mis en garde : « N'oublie pas de vivre au moins autant que tu lis, Adam. Les romans permettent de mieux vivre et la vie, de mieux lire. C'est une question d'équilibre. Le jour où tu auras trouvé le tien, il te propulsera vers ton avenir. Sers-toi des livres pour vivre pleinement ta vie, mais ne vis pas uniquement à travers eux. » Je comprends maintenant ce qu'elle voulait dire.

Nous continuons de nous promener à travers le parc en silence. Eva se contente de sourire. Moi aussi je souris, pour rester cool, mais je crève d'en découvrir davantage sur elle. Je tente une question, histoire de relancer la conversation. À quelle heure elle est rentrée chez elle ? À midi. Ah ? À quelques minutes près, on aurait pu se croiser. Il y a une boîte à clefs cachée derrière un buisson, avec un code. C'est comme ça qu'elle a pu ouvrir la porte. Comment j'ai fait pour ouvrir la porte d'entrée sans déclencher l'alarme d'ailleurs ? Je n'ai pas le temps de répondre. Elle s'arrête net sous un des marronniers. Ses yeux verts harponnent de nouveau les miens, comme ce matin. Je suis piégé. Je la regarde timidement en souriant. J'inspire un grand coup, pour me donner du courage. Lentement, je lève les yeux. Ils croisent les siens. Je caresse son front, ses cheveux, puis m'approche d'elle pour l'embrasser. Elle recule. Un tronc l'arrête. Mes lèvres se collent aux siennes. Elle pousse un léger cri quand ses fesses heurtent l'écorce ; sa bouche s'entrouvre. J'y plonge ma langue à la recherche de la sienne. L'attente n'a pas été longue. L'angoisse a disparu. L'espoir vient de naître.

« C'est tout pour aujourd'hui », murmure-t-elle en se dégageant doucement. Je suis déçu, pourtant j'ai envie de sauter de joie. Je l'ai embrassée et elle ne m'a pas repoussé. Nous passons l'heure suivante à discuter de tout ; sa famille, ses amies, son école, ses envies, ses espoirs, ses prochaines études d'architecture au point d'oublier de déjeuner. Je n'ai pas faim.

Eva me parle de tout ce qui la concerne avec simplicité. Je sens bien qu'elle attend que je me dévoile un peu plus, mais je ne sais pas quoi répondre quand elle me raconte que son père est architecte et sa mère décoratrice d'intérieur. Je n'ai pas envie qu'elle me remette dans ma case de pauvre mec. Ou de mec pauvre. Ses parents se sont connus au RIBA, le *Royal Institute of British Architects*, d'où la médaille en or que Pav a essayé de faucher. Elle dit ça comme une évidence, comme si le monde entier savait de quoi il s'agit, pourtant il n'y a aucun snobisme dans sa voix, aucune condescendance. Elle énonce simplement un fait au sujet de ses parents. Ils sont tombés amoureux l'un de l'autre très vite puis ont décidé de créer un studio d'architecture en commun. Ils ont ramé au début, comme tout le monde, mais son père a eu la chance de bosser sur un projet pour les Jeux Olympiques de Londres en 2012. Sa carrière était lancée et celle de sa mère aussi. Elle s'est spécialisée dans les maisons de footballeurs. Elle a décoré celles de la plupart des joueurs de Chelsea et d'Arsenal. Parfois, elle va jusqu'à Manchester ou en Espagne, quand l'un d'eux est vendu à un club ibérique. Son petit frère, Hector, ne pense qu'au ballon rond. Il a rencontré les plus grands. Il joue pratiquement tous les jours et ne parle que de foot. Ça lui passera. C'est drôle, personne ne dirait « ça lui passera » d'où je viens, mais plutôt « on espère qu'il va vite être repéré par un entraîneur ». Pendant une minute, j'envie la famille d'Eva, de cette envie qui inspire, celle qui fait dire « elle a de la chance », pas cette envie jalouse teintée d'aigreur et d'amertume typique de l'autre ; « c'est dégueulasse, pourquoi elle et pas moi ? ». Je ne peux pas évoquer ma famille. Chez moi, on s'insulte, on se tape dessus, on se menace au couteau et ma mère s'est barrée pour ne plus subir tout ça. Si je dis la vérité, Eva risque de s'enfuir une deuxième fois. Alors je reste évasif.

Elle entend bien que mon accent n'a pas le raffinement du sien, même si j'ai adouci mes consonnes et que j'ai appris à manier les mots depuis que je fréquente Claire. Son père et le mien ont un point commun cependant ; l'autre aussi est dans le bâtiment, mais en bas de l'échelle. Parfois en haut, quand il tient le pinceau.

Eva éclate de rire. Elle apprécie mon sens de l'humour. J'aime bien quand elle rit. Le son qui sort de sa gorge mais aussi la manière dont ses yeux s'éclairent, son nez se plisse juste ce qu'il faut, ses dents se découvrent et une mèche glisse devant son front jusqu'à lui masquer une partie du visage.

J'aime sa main quand elle relève ses cheveux rebelles dans un mouvement presque affecté. Je voudrais être cette main, caresser sa mèche, son front, son visage à chaque fois qu'elle rit. Je voudrais de nouveau presser mes lèvres contre les siennes, sentir la légère résistance de sa langue contre les assauts de la mienne, son ventre contre mon ventre, ses seins contre mon torse et que nos respirations s'accélèrent jusqu'à trouver leur propre rythme.

— Et ta mère ?
— Quoi ma mère ?
— Elle tient l'échelle ?

Elle s'esclaffe. La mèche qui me faisait rêver il y a à peine un instant, m'agace tout à coup. Je ne parle jamais de ma mère. Un froid hésite à s'installer entre nous. Elle murmure, « peut-être qu'un autre jour, si tu veux, tu pourras te confier ».

Au bout de quelques secondes, je lui pose la question qui me brûle les lèvres depuis ce matin.

— Je ne comprends pas. Tout a plutôt l'air de bien aller dans ta vie.

— Pourquoi tu as l'air surpris ?
— Bah, tu t'es quand même précipitée sous un train ?

Eva éclate de rire. Elle me regarde l'air dubitatif et interrogateur. Je ne dis rien. C'est ça que j'ai cru ? Vraiment ? Elle n'a jamais eu l'intention de se jeter sous le train. Quelle idée ! C'est moi qui me suis rué sur son sac et qui ai tiré dessus comme un forcené pour le lui chourer. Il ne faut pas inverser les rôles. Je suis gonflé, je pourrais au moins admettre que j'ai voulu le lui voler. Ce n'est pas grave, ce qui compte c'est de l'avoir rapporté. Je n'ai pas à m'inquiéter, elle n'ira pas tout raconter aux flics. Je suis abasourdi. Elle m'a pris pour un voleur ?

— Tu as le look, Adam, il faut reconnaître, dans ton survêt FILA.

— Bah non, tu vois, je suis pas un pickpocket.

— Excuse-moi, mais c'est fréquent à la gare. Et puis tu m'as chopée par la bandoulière, c'était flagrant.

— Mais pourquoi t'as pas hurlé pour récupérer ton sac si tu as cru que je t'agressais ? Il y avait du monde autour. Ils auraient sûrement décollé les yeux de leur téléphone.

— On m'a toujours dit de ne pas lutter si on essaie de me piquer mon sac.

Je reste bouche bée. La réalité me rattrape soudain sous l'ombre épaisse d'un marronnier. Eva me prend pour un voleur. Je savais bien que ça ne marcherait jamais entre une fille comme elle et un mec comme moi. C'était couru d'avance, il n'y a pas d'avenir possible. Et maintenant si je lui répète que je l'ai vraiment retenue parce que j'ai eu l'impression qu'elle était prête à se suicider, elle va encore me rire au nez et penser que je me justifie. Même après avoir discuté avec moi, m'avoir embrassé, elle m'enfonce dans une case dont je ne sortirai jamais.

— Pourtant, quand tu m'as dévisagée avec tes yeux tout tristes, Adam, j'ai eu comme un choc. Je me suis dit, ce mec vient de me piquer mon sac mais il a l'air perdu. J'ai cru que tu allais faire un malaise, comme si tu avais vu un fantôme. Ça m'a touchée. C'est pour ça que j'ai pas appelé les flics. C'est pour ça que j'ai eu envie de te revoir.

Je reste silencieux. Un léger flottement nous sépare. Trois ans à me mentir, à penser que j'avançais, se brisent en mille morceaux. On me prendra toujours pour une racaille. Eva n'ose plus me regarder. Je ne crois pas qu'elle se rend compte du coup qu'elle vient de m'assener, mais elle sent bien que la gêne fait son nid entre nous. Elle déclare tout à coup qu'il est tard – il est à peine quatre heures et demie de l'après-midi – et commande un Uber sur son portable. Son père lui permet d'utiliser son compte – « c'est plus sûr ». J'attends la voiture avec elle en priant que le père de Ben ne soit pas au volant. Coup de chance, c'est un Afghan. Nous ne savons pas comment nous quitter. Elle hésite à m'embrasser sur la joue. Moi, sur la bouche. Je ne peux pas la laisser partir comme ça, avec ce malaise entre nous. Je m'entends lâcher sans conviction, « ça te dirait de faire un truc demain ? ». Elle hoche la tête. « Je te texte tout à l'heure. »

Elle monte dans son taxi et s'enfuit pour la seconde fois.

24

Je continue à travers le parc en direction de l'Eden. Pourquoi affirmer qu'elle n'a jamais eu l'intention de se jeter sous le train ? Dans quel but s'approcher si près du bord ? Je l'ai vue hésiter, vaciller et faire un pas vers la voie ferrée. Je l'ai vue, je n'ai pas rêvé. Arrivé à hauteur de la gare, l'ombre du pont ferroviaire me barre la route. Le sommet de l'Eden dépasse, au loin, et surplombe les entrelacs des voies. J'aperçois le treizième étage et la fenêtre de notre cuisine. Je l'ai vue, je ne suis pas fou. Le barbier turc, debout derrière sa vitrine, me salue pour la troisième fois aujourd'hui lorsque je passe devant sa boutique. Je baisse la tête pour ne pas croiser son regard. L'empreinte du renard dans le macadam me ramène soudain huit ans en arrière. Je m'arrête net, la poitrine écrasée par un pressentiment. Ma respiration s'accélère, par à-coups. J'ai l'impression d'avoir couru un cent mètres. Je suis essoufflé. Des images se précipitent et se bousculent dans mon esprit. Elles se chevauchent d'une personne et d'une époque à l'autre. Mes tempes bourdonnent, comme après nos virées vodka avec Ben et Pav derrière les poubelles de l'Eden. Ma tête va éclater.

Je sors mon téléphone et tape « Suicide Clapham Junction 13 mai 20- - », la date à laquelle ma mère nous a quittés pour l'Espagne. Une liste d'articles de presse s'affiche sur l'écran. Le titre du premier m'interpelle : « Incident à Clapham Junction, une personne tuée sur le coup après s'être fait heurter par le Gatwick Express. » Je clique sur le lien. « Des officiers de la *British Transport Police* ont été appelés aujourd'hui à la gare de Clapham Junction, au sud-ouest de Londres, pour constater un décès survenu à 8 h 23 ce matin. La police n'est pas parvenue à identifier la victime, une femme blanche d'environ vingt-cinq ans. En raison de la forte affluence à cette heure de pointe, aucune image nette n'a été enregistrée par les caméras de surveillance. En l'absence de signes distinctifs, la famille n'a pas pu être prévenue. »

Tout me revient. Les portillons, la voie numéro neuf, le quai bondé, le pilier derrière lequel je m'étais caché, les haut-parleurs qui hurlaient de se tenir éloigné du bord – « le prochain train ne marquera pas l'arrêt » – le vent dans le feuillage des arbres, le piaillement des moineaux, le crissement des essieux, l'odeur de brûlé. Le train qui ébranlait le quai sous mes pieds. Ma mère, les yeux posés sur l'infini. Un pas en avant. Puis un autre. Un dernier. La brise légère qui précédait le train, puis ce bruit qui me gifle tout à coup à travers le temps : FOMP ! Le son mat qu'arrache l'âme aux corps fauchés.

FOMP !

Je me sens mollir. Je m'appuie contre le mur de la boutique du barbier. Je voudrais rentrer dans le mur, pousser le mur avec le dos de toutes mes forces, mais le mur résiste comme dans les cauchemars.

D'autres images surgissent plus nettement, de plus loin. L'ultime soir où l'autre a tabassé ma mère, avec une violence nouvelle, quand elle est rentrée tard du travail. On avait changé ses horaires depuis trois semaines. Elle faisait la fermeture du supermarché et nous réveillait parfois en refermant la porte de l'appartement avec lassitude. Cette nuit-là, il l'a frappée de plus en plus furieusement pour faire taire ses cris en la traitant d'hystérique. Elle s'est ensuite enfermée dans notre chambre et s'est couchée dans le lit de Lauren qui ne comprenait pas ce qui se passait. Le lendemain, elle a noué la cravate de mon uniforme d'écolier avec un sourire triste puis m'a demandé de veiller sur ma sœur. Elle a passé la main dans mes cheveux avant de me serrer contre elle plus longuement que d'ordinaire. C'est pour ça que je l'ai suivie jusqu'à la gare. L'intuition que mon enfance chavirait.

Quelqu'un avait fondu en larmes derrière la porte vitrée de la salle d'attente, sur le quai. Le sac de ma mère gisait par terre. Les autres passagers étaient demeurés immobiles.

Sidérés. Tous. Sidérés et silencieux. Le questionnement glissait mollement de visage en visage – « vous avez vu ce qui s'est passé ? ». L'express avait continué jusqu'à l'horizon. Le temps aussi. Il s'était suspendu pendant une seconde que personne d'autre que moi n'avait ressentie. Le personnel de la gare était arrivé en courant pour faire évacuer le quai. La dame qui avait tout vu depuis la salle d'attente s'appuyait sur un voyageur, hébétée. Au milieu de la précipitation, je ne parvenais pas à détacher les yeux de l'endroit où ma mère venait de se faire happer. On poussait déjà les voyageurs vers les escaliers, puis le souterrain. Beaucoup étaient agacés par ce contretemps qui les mettait en retard. Avais-je même compris ce qui venait de se passer ? Bien sûr que j'avais compris. À neuf ans, on comprend quand la douleur devient insupportable et qu'on s'en libère sous un train lancé à pleine vitesse.

Dans la cohue, sans doute emporté par un pickpocket, le sac à main de ma mère s'était volatilisé. Et sous le choc, le souvenir de cette matinée s'est effacé de ma mémoire.

Jusqu'à aujourd'hui.

25

Il faut qu'on parle.

Qu'est-ce que tu veux?

En bas. Dans trois minutes.

Je viens de passer les deux dernières heures, allongé sur l'herbe devant l'Eden, à balayer les centaines de questions qui cognent dans mon crâne. L'humidité me glace le dos. Pendant huit ans, j'ai été persuadé que ma mère nous avait abandonnés. Je me la suis imaginée dans une nouvelle vie à partir des mensonges de l'autre. Je l'ai détestée, je l'ai aimée, et je me suis reproché l'un et l'autre sans arrêt. Comment ce salopard a-t-il pu nous faire ça? Je n'ai jamais lu la lettre qu'elle avait laissée, mais je me doute de ce qu'elle contenait; elle n'en pouvait plus de lui, de l'Eden, de la vie qu'il avait rendue odieuse. Il a été trop lâche pour nous dire la vérité, à Lauren, à moi et à notre grand-mère. Au lieu de ça, il a échafaudé un mirage que j'ai sacralisé, mythifié, engraissé au fil des années, jusqu'à y croire si parfaitement que Lauren et moi nous y sommes accrochés pour déjouer nos chagrins. Au moment où ma mère s'est jetée sous ce train, j'ai déclenché mon propre mécanisme de survie : j'ai quitté la gare en courant et, le temps de rejoindre mon école, j'ai involontairement rayé ce traumatisme de ma mémoire. Je suis devenu amnésique sur ce chemin dont je compte les pas depuis, chaque matin, sans savoir pourquoi. Avec le temps, la douleur s'est enrayée, mais elle ne s'est pas étouffée. Elle me titille en permanence.

Il est arrivé la même chose à Claire après Omagh. Elle me l'a raconté plusieurs fois. Sa mémoire avait tout gommé. Il a fallu les efforts d'une psychologue spécialisée dans l'aide aux victimes d'attentats pour l'aider à déterrer de l'oubli les détails de cette effroyable journée et lui permettre d'en faire le deuil. Si les images qu'elle a conservées sont si vives, c'est qu'elle les a vécues à plusieurs reprises dans sa mémoire. Le souvenir amplifie tout.

Mon deuil à moi démarre aujourd'hui.

Ma vengeance aussi.

Je me suis d'abord dit que j'allais faire la peau à l'autre, que je le saignerais comme un porc, mais Lauren est là-haut et je suis trop en colère pour débouler dans l'appart et faire semblant que tout va bien. Je ne peux pas demander à ma sœur de filer chez une copine alors qu'elle m'attend, sans doute, pour jouer à Fortnite. Ça me laisserait le champ libre pour dézinguer l'autre, mais elle se douterait que quelque chose se trame. J'aurais mieux fait de lui trancher la gorge quand j'avais quatorze ans et qu'il déglutissait de trouille sous la lame du couteau, mais ma main tremblait. Elle ne tremble plus.

J'ai ensuite songé à me rendre au commissariat pour tout raconter à la police. Mais, même si on m'avait cru, elle pouvait faire quoi, la police ? L'autre n'a pas poussé ma mère sous le train. Pas physiquement en tout cas. Il la tabassait. Et même ça, je ne pourrais pas le prouver aujourd'hui. Huit ans après, les flics n'en auraient rien à foutre. Ils voient des suicides toutes les semaines, à Clapham Junction ou ailleurs. Je ne suis même pas sûr qu'on arriverait à démontrer que c'était bien elle, son corps je veux dire. Combien de temps garde-t-on un macchabée non réclamé ? Et des bouts de macchabée ? Elle a dû être enterrée en morceaux et personne ne se rappelle où. Comme ma grand-mère.

Alors, je me suis creusé les méninges à la recherche d'un châtiment qui ferait souffrir l'autre jusqu'à la fin de sa pitoyable existence et nous vengerait en même temps du suicide de ma mère, de notre enfance bousillée, mais surtout de ce bonheur bafoué que j'avais gobé comme une certitude, petit garçon, calé sur ses épaules invincibles. Il fallait être prudent, ne pas nous mettre en danger, Lauren et moi, ni que la Justice nous soupçonne quand elle viendrait fouiner dans nos vies.

— Alors, qu'est-ce qui est si urgent pour que tu m'obliges à descendre jusqu'ici ?

Pawel se tient devant moi, l'air rigolard dans son polo de rugby blanc à la rose rouge d'Angleterre. Il rentre de chez Béata – « Je l'ai dans la peau, mec, je peux pas me passer d'elle ». Il chuchote au cas où d'autres Polonais de l'Eden l'entendraient, puis se rapproche et me chatouille en répétant que moi aussi, bientôt, je saurai ce que c'est, avec mon Eva. Je n'ai pas envie de rire. J'attire Pav jusqu'au local à poubelles. Un groupe de chats se bat pour un reste de poulet KFC. Ils dégagent à notre arrivée. L'un d'eux saute par-dessus le muret, un os à moitié déchiqueté dans la gueule. Pav m'observe, circonspect. Il n'a pas l'habitude que je sois si peu loquace. Il ne prononce pas un mot pour ne pas me couper l'envie de dire ce que j'ai à dire.

— Tu es toujours en contact avec ta bande ?

— Quelle bande ?

— Arrête Pav, on sait tous que t'as jamais vraiment coupé les ponts. Celle des mecs de l'Est qui cassent la gueule aux Brexiters trop excités.

Il me demande ce que je leur veux. Ces types-là ne plaisantent pas et ils n'aiment pas trop montrer leurs têtes. Ils trempent dans des trucs pas clairs, un gros réseau de coke entre la Slovaquie, les Pays-Bas et Calais. Bizarrement leur activité a explosé depuis le Brexit. On ne les dérange pas pour rien, m'alerte de nouveau Pav. Qui lui a dit que c'était pour rien ? Il y a bien un type qui a vite gravi les échelons et dirige le réseau du sud de Londres, un Slovaque. Il a commencé comme guetteur dans le quartier. On l'aperçoit rarement. Il est à la tête d'un gros réseau. Je n'ai pas besoin de parler au chef, juste que Pawel leur passe un message pour qu'ils coincent un Brexiter pur et dur de l'Eden, lui cassent les reins à coups de barre de fer afin qu'il finisse en fauteuil roulant.

— Eh ben ! T'es sûr que t'es anglais, mec ? Parce que t'es bien remonté contre les tiens.

— C'est pas les miens.

— C'est qui le type que tu veux réduire en bouillie ? Je le connais ?

— Oui.

— Qui ?

— Mon vieux.

— Hein ? Mais t'es dingue ?

Je recule d'un pas. Je regrette qu'il n'ait pas apporté une bouteille de vodka pour me donner ce fameux *Dutch courage*, cette bravoure puisée dans l'alcool, dont j'aurais bien besoin. Pav ne sait pas tout. Je dois lui avouer quelque chose. Il me dévisage. Il se demande sans doute de quoi je parle. Je me tourne vers le mur pour en faire mon allié et m'adresse au béton.

Il se souvient du type qui bousillait les camionnettes *Call the Polish!* il y a quelques années ? Évidemment, comment oublier une ordure pareille. Eh bien, je sais qui c'était. Pav me regarde fouiller dans mon portable. Ça remonte à un moment mais je retrouve assez vite les photos et les lui montre. Ses épaules se tassent d'un cran, il a l'air hébété.

Pendant quinze lourdes secondes, il garde la tête baissée sans prononcer le moindre mot, puis explose de colère, m'agrippe par le cou et me plaque contre le mur. J'essaie de me dégager mais il m'a punaisé de sa main puissante et me serre la gorge. Je lui file un coup de pied, rien n'y fait.

— Tu savais et tu n'as rien dit ? Mais pourquoi, mec ? Tu as toujours détesté ton père, c'était l'occasion ou jamais de lui faire casser la gueule ! Pourquoi attendre tout ce temps ?

— Je ne sais pas, Pav. Qu'est-ce qu'on serait devenus, Lauren et moi, si ta bande lui avait réglé son compte à l'époque ?

— C'est pas ma bande !

— La police serait quand même remontée jusqu'à toi. Je ne voulais pas que tu finisses en tôle.

Pawel me coince toujours contre le mur, je tente de nouveau de me libérer, mais il a un meilleur appui. Je ne me battrai pas avec lui.

— C'est une trahison, mec !

Son père et son oncle ont passé des nuits blanches pendant dix-huit mois à se demander pourquoi on s'acharnait sur eux comme ça. Sa mère n'en pouvait plus. Toute la famille était sur les nerfs. Karolina refusait même de se rendre à son apprentissage les soirs d'hiver, quand la nuit tombe à seize heures, de crainte de se faire rosser dans un coin au retour. Est-ce que je me rends compte ? Je sais combien ça coûte un pare-brise ? Au bout de la troisième fois, l'assurance n'a plus voulu payer. Ils sont passés à deux doigts de la faillite ! Et maintenant je voudrais qu'il règle mes comptes a posteriori parce que je ne suis pas foutu de le faire moi-même. Mais ça ne va pas bien dans ma tête ? Je crois vraiment qu'il va prendre le risque maintenant ? Qu'est-ce qui m'arrive tout à coup à vouloir fracasser mon vieux comme ça ?

Je ne peux pas en parler, ni à lui ni à personne. Je préférerais qu'il ne me pose pas de questions. Je veux juste que sa bande démolisse l'autre.

— Trop tard mec, démerde-toi tout seul. De toute façon, c'est plus leur came. Ils donnent dans la coke maintenant. Ils en ont rien à foutre des Brexiters. Ils ont de plus gros chats à fouetter. Le mec qu'ils voudraient coincer, c'est celui qui les a balancés. Ils ont manqué de se faire choper par les flics, récemment, à cause d'un mouchard.

Pawel me lâche enfin. Il incline la tête vers le sol en béton, fendu d'un bout à l'autre du local. La boîte en carton rouge et blanc au logo de KFC, que se disputaient les chats, attire maintenant les mouches. Il hausse les épaules. La porte en acier grince lorsqu'il shoote dedans pour l'ouvrir. Il s'éloigne sans se retourner.

Je me frotte le cou et cherche ma respiration. Pav disparaît sur le chemin qui traverse le jardin et remonte vers l'Eden. « Hey, Pawel, attends ! » Je le rattrape dans l'entrée de Cap Canaveral. Il refuse de m'adresser la parole et souffle violemment par le nez, comme pour évacuer notre amitié. Je m'engouffre dans l'ascenseur derrière lui. Ça pue l'eau de javel là-dedans. Quelqu'un a dû en avoir marre de l'odeur de pisse qui s'acharne partout. Les portes se referment. J'appuie sur le bouton stop et bloque la cabine. Personne ne sera étonné, elle tombe toujours en panne.

— T'as pas le choix mec.
— Comment ça ?
— Si tu le fais pas, je balance tout à tes parents sur Béata.

Pav est interloqué. Il n'a pas l'habitude du chantage, surtout venant de son meilleur ami, mais je ne peux pas faire autrement. Ses yeux me lancent un regard de haine que je ne lui ai jamais connu. Une haine triste, une haine de trahison. Il sait que je ne me laisserai pas épingler contre la paroi cette fois et que je suis de taille à répondre s'il m'attaque. Je n'ai plus rien à perdre. Toutes ces années où je me suis écrasé devant tout le monde se sont évanouies quand l'image de ma mère, seule sur le quai, a surgi dans ma mémoire tout à l'heure.

Pav s'approche de moi, se retourne brusquement et, d'un geste rapide, balance un crochet du droit. Un reste d'amitié l'empêche de viser ma tête. Le coup termine dans la porte de l'ascenseur et écrase le métal sans rebondir.

L'impact résonne dans tout l'Eden.

26

Hier soir, j'ai failli dire merci à Pav, mais merci de quoi ? Alors je me suis contenté de murmurer pardon. Il s'est tu et s'est frotté le poing, écorché aux jointures, pendant douze étages puis m'a abandonné dans l'ascenseur. J'ai continué seul jusqu'au treizième.

Avant d'ouvrir la porte de l'appartement, j'ai patienté quelques minutes sur le palier. J'avais besoin de me calmer. J'ai respiré profondément. Je redoutais de tomber sur l'autre, paniquer et tout faire foirer. On s'adresse rarement la parole, mais je flippais à l'idée que l'imprévu s'invite dans mon scénario. Je me suis raisonné pour ne pas lui sauter à la gorge si je le croisais, lui assener que c'était une ordure d'avoir poussé ma mère au suicide et qu'il allait bientôt payer. En réalité, je rêvais de lui balancer tout ça mais les murs sont fins à l'Eden ; on entend tout d'un appart à l'autre. Je ne voulais pas éveiller les soupçons, surtout quand on le retrouverait en mode Lego le lendemain. Au fond de moi cependant, je crevais d'envie que cette angoisse, avec laquelle nous nous sommes si souvent couchés, lui ronge sa nuit pour une fois.

J'ai répété mon entrée, en silence sur le palier. Surtout prendre l'air naturel, habituel, morne. J'avais même fait les courses pour nous trois afin que la police ne relève aucune anomalie lorsqu'elle nous interrogerait. Un samedi soir ordinaire qui avait glissé vers un dimanche encore plus ordinaire dans le Brutalisme classé d'un HLM londonien.

J'ai aperçu Lauren par la porte entrouverte de la chambre. L'autre avait déserté son fauteuil et sa télé pour sortir. Sans doute avait-il chopé sur Tinder. Ses muscles de boxeur, ses tatouages, sa virilité protectrice à première vue, donnent encore le change, surtout les samedis soir. Je l'ai surpris, il y a quelques mois, devant le miroir de la salle de bains, torse nu, à multiplier les selfies. Ses trente-sept ans et son passé sportif font encore tourner les têtes. Surtout quand il est sobre.

Pawel ne m'a rien demandé mais je lui ai tout expliqué dans l'ascenseur pendant qu'il se frottait le poing. L'autre rejoint l'académie de billard de *Lynwood Road* à quatorze heures tous les dimanches. C'est là-bas qu'il faudrait frapper. Il n'aurait qu'à convaincre le Slovaque que l'autre connaît celui qui a balancé son réseau aux stups et qu'en le bousculant un peu il leur révélerait son nom. Il gare toujours sa camionnette sur un parking désert, à cent mètres de l'académie.

Personne n'y a accès, mais la barrière est facile à enjamber. Le parking appartient à un type de Glasgow avec qui il a sympathisé et qui le laisse l'utiliser le week-end. Si les sbires du Slovaque se mettent en planque un quart d'heure avant, ce sera vite réglé. Pav n'a rien répondu.

Hier soir, j'ai déposé les courses un peu bruyamment pour que ma sœur sache que j'étais rentré – « c'est moi ! ». Elle est arrivée dans la cuisine en tirant sur ses manches. J'ai revu notre mère. Lauren m'a souri puis s'est vantée qu'elle allait me piler à Fortnite. J'ai dit, « bientôt, plus personne ne me battra ». J'ai abandonné le filet de mandarines sur la table, bien en vue, pour emmerder l'autre une dernière fois et nous sommes allés jouer.

Il est rentré tard dans la nuit. Torché et bredouille. Je l'ai entendu insulter la vie d'un « *Fuck you !* » quand il s'est pris les pieds dans un pli de moquette, puis un autre, suivi de mon nom, quand il a aperçu les mandarines. « *Fuck you Adam !* » Il les a balancées contre le mur dans un bruit de chair écrasée. Il m'a de nouveau insulté, puis s'est couché seul avec son ébriété. Tinder n'avait rien rapporté.

J'ai texté Eva pour lui proposer de m'accompagner à Brighton le lendemain. Elle a accepté presque instantanément. Ce sera la première fois que je verrai la mer et j'ai envie de premières fois avec elle. On s'est donné rendez-vous à la gare. Il y a un train à onze heures zéro une. Il n'est pas direct, mais nous arriverons là-bas à onze heures cinquante-sept.

On se baladera un peu dans les ruelles étroites. J'ai jeté un coup d'œil rapide sur Internet, c'est plein de petits cafés, de boutiques et de coins qui, je l'espère, lui plairont. Je l'emmènerai déjeuner. Ben m'a indiqué un resto où Cosima et lui sont allés une fois. Je piocherai dans mes économies, celles que j'engrangeais pour rejoindre ma mère en Espagne après mes dix-huit ans. Brighton, ce n'est pas tout à fait l'Espagne, mais autant dépenser cet argent sur un présent éventuel plutôt qu'un passé perdu.

27

J'ai acheté un bouquet de jonquilles pour Eva. Si ça a attendri Amélia, peut-être que des fleurs permettront à Eva de m'envisager différemment qu'en pickpocket. Par réflexe, je compte les pas jusqu'à Clapham Junction en quittant l'Eden. Je m'arrête soudain dans ma course et hausse les épaules. À quoi bon ? Je traverse la chaussée devant la mosquée pour éviter la devanture du barbier turc et l'empreinte de renard. Si ça se trouve, c'est celle d'un clebs. Je passe sous le pont ferroviaire et émerge au bas de la petite montée qui dessert le bâtiment principal. J'achète un aller-retour pour Brighton au guichet et prévient Eva par message que je suis arrivé. Aux portillons, le même contrôleur me lance le même regard qu'hier matin. Pourtant je me suis déguisé comme quand je vais chez Claire, pour me fondre dans la foule grise.

Ça ne suffit pas. J'ai la tête de la misère et la carrure de la violence, même un bouquet de jonquilles à la main.

Je consulte le panneau d'affichage. Brighton, voie treize. Je suis un peu désorienté ; c'est la première fois que je passe par l'entrée du haut. J'aperçois Eva. Elle est assise sur un banc, au soleil, un café à la main. La lumière lui va bien. Elle me fait signe. « Tiens ! » Elle me tend un gobelet en carton. « J'espère que tu n'es pas allergique au lait de vache. » Je n'ose pas lui répondre que, de là où je viens, on ne se pose pas ce genre de question. « Merci ! Il ne fallait pas. » D'accord pour le café, mais c'est moi qui l'invite à déjeuner. Je me pose à côté d'elle sur le banc et lui offre les fleurs maladroitement. Elle rit et je me dis que, décidément, c'est joli une fille qui rit. Surtout Eva. Elle m'embrasse sur la joue.

Comme hier, elle ne cesse de me raconter des tas de choses sur sa vie. Je sens bien qu'elle espère que je m'ouvre à elle, mais je n'y arrive pas. Elle me prend soudain la main et attire mon regard vers ses grands yeux verts.

— Tu sais Adam, hier il s'est passé quelque chose sur le quai quand je t'ai vu là, mon sac à la main. Quelque chose que je n'ai jamais ressenti pour personne. Je ne sais pas ce que c'était et je ne me pose pas de questions. Je sais simplement que je mourais d'envie de te revoir, mais si tu ne le sens pas, on peut juste passer une journée sympa à Brighton et en rester là.

— Non ! Je veux dire, non je ne veux pas en rester là.

— Alors il faut que tu prennes le risque.

— Le risque de quoi ?

Les mots de Karolina me reviennent ; ce qui plaît aux filles, c'est la fragilité. Facile à dire. Les filles savent sans doute ces trucs-là dès la naissance mais comment fait-on pour être fragile quand on est un mec ? En se confiant comme Pawel, quitte à être trahi dans un ascenseur par son ami d'enfance ? J'envie Ben et Cosima. Ils ont la fragilité dans la peau. Je ne crois pas que j'y arriverais moi, à être fragile. Même pleurer, je me le suis toujours interdit pour ne pas inquiéter ma sœur et parce que l'autre se serait foutu de ma gueule. Pourtant j'ai chialé hier avec Claire. Et tout seul, ensuite, allongé sur la pelouse déchirée de l'Eden. J'ai évacué des années d'angoisse et d'espoir et ça m'a fait du bien. Maintenant j'ai besoin de vengeance.

Je ne peux pas dire tout ça à Eva, pas tout de suite en tout cas, alors je lui raconte mes après-midi chez Claire, à lui faire la lecture puisque j'ai remarqué qu'Eva aimait lire. Elle s'amuse en entendant le récit de ma rencontre avec Amélia, puis à celui de Claire qui voulait m'enlever cinquante pence pour chaque syllabe avalée. Elle est touchée que je m'occupe d'une aveugle aussi régulièrement. J'ai l'âme charitable d'après elle. « Bah en fait, au début c'était surtout pour gagner plus d'argent qu'au supermarché où je travaillais les vacances et les week-ends. » Eva ne répond rien. Je me suis trahi. Elle se doutait que nous ne venions pas du même monde, évidemment. Maintenant elle en a la confirmation.

Notre train entre en gare. Nous jetons nos gobelets dans la poubelle de recyclage et choisissons des sièges près de la fenêtre. Elle s'installe en face puis à côté de moi lorsque le train démarre, pour être dans le sens de la marche. Son genou effleure mon genou. Je tourne la tête vers la fenêtre pour faire comme si je n'avais rien remarqué. J'hésite à sortir mon téléphone ; je voudrais éviter de reprendre la conversation. Je crains d'en dévoiler trop et qu'elle ne s'enfuie de nouveau. Au bout d'une minute ou deux, je lui demande si elle connaît Brighton. « Oui, j'y suis allée souvent avec mes parents et mon frère, c'est tellement facile depuis ici. » Je m'entends répondre que moi aussi, des tonnes de fois avec ma famille tout en me demandant ce qui me prend. Elle va me poser des questions maintenant. Je dégaine mon téléphone.

En descendant du train à Brighton, elle veut savoir si je préfère passer devant le *Royal Pavilion* ou bien me balader dans les *Lanes*. Ou carrément le *Palace Pier*, mais plutôt avant de déjeuner parce que c'est mieux de faire ça le ventre vide, si je vois ce qu'elle veut dire. Bien sûr, je ne vois pas. Je ne vois rien du tout même, je n'ai jamais entendu parler d'aucun des lieux qu'elle évoque comme une vieille habituée. Et si on commençait par un autre cappuccino ? Elle connaît un super café dans *St James's Street*, sa rue préférée. Je hausse les épaules ; comme elle veut, ça m'est égal. Eva a l'air un peu surprise. Je la suis. C'était vraiment une idée stupide de venir ici. Je n'ose pas lui avouer que la seule chose dont j'ai envie, c'est de voir la mer pour la première fois. Non d'ailleurs, la seule chose dont j'ai vraiment envie, c'est de voir la mer pour la première fois, le cul dans le sable à côté d'elle et de lui rouler des pelles jusqu'au coucher du soleil.

Nous descendons la rue principale, *Queen's Street*, d'après le panneau, puis *North Street* jusqu'à *St James's Street*. Pas la moindre plage ni la moindre mer en vue. Eva répète qu'elle adore Brighton, les maisons blanches qui se détachent sur le bleu du ciel. Elle a raison. Aucun signe de Brutalisme. Les immeubles sont à peine plus hauts que les maisons. Parfois, on en a peint un dans des couleurs psychédéliques qui tranchent avec le reste. Il est midi. La ville sent encore la beuh du samedi soir et se donne des airs cool dignes des quartiers branchés de Londres. Les terrasses se remplissent doucement, sans doute pour le brunch comme dans les cafés bobos qu'Eva fréquente sûrement. Je la vois heureuse dans ce cadre qui me rejette et me semble étranger.

Au bout d'un quart d'heure, nous apercevons enfin le café qu'elle avait en tête. Elle commande un cappuccino au lait d'amande et un normal pour moi. À emporter. Ça me fait bizarre d'être qualifié de normal au milieu de gens qui me dévisagent en pensant le contraire. Eva paie avec son téléphone. Elle a une carte de crédit ? Non, c'est celle de son père.

— T'es jamais venu à Brighton, Adam, je me trompe ?

— Qu'est-ce qui te fait dire ça ?

— Tu m'as demandé deux fois de quel côté se trouvait la mer. Quand tu ne comptais pas le nombre de pas depuis la gare. C'est quoi d'ailleurs cette manie ?

Je baisse les yeux vers mon cappuccino normal. Si je lui parle de ma famille, elle comprendra que ma normalité s'arrête à cette tasse en carton. Elle paniquera sans doute et me plantera là. Et moi, j'en ai marre de me faire planter.

J'hésite à ensevelir mes mensonges sous d'autres mensonges. Ça marchait plutôt bien avec Lauren, quand je nous inventais une mère, mais je suis aussi fatigué de mentir. Pour ma sœur, pour qu'elle aille bien, oui, mais me raconter une vie pour épater Eva, c'est risquer de la perdre avant même d'avoir commencé.

Elle a raison, je ne suis jamais venu ici. Je n'ai jamais quitté Londres, rarement mon quartier et pas souvent l'Eden. Elle a l'air interloquée. L'Eden ? Un immeuble brutaliste derrière Clapham Junction. Oui, elle connaît. Ses parents les y ont emmenés, son frère et elle, il y a quelques années, pour leur montrer les différents courants architecturaux de Londres. C'est le plus bel exemple de Brutalisme résidentiel du pays. Ils ont voulu pousser le portail, mais il fallait un badge, même pour pénétrer dans le jardin. Je lui réponds que la plupart des gens se contentent de prendre des photos depuis l'autre côté des grilles. « Je ne suis pas la plupart des gens, Adam. » Elle m'attrape par la main. Je manque de renverser mon café et toute la normalité qu'il contient. « Si tu n'as jamais vu la mer, il faut y aller tout de suite, déclare-t-elle. Tu vas voir, c'est un peu comme la première fois qu'il neige. » Nous remontons une petite rue qui, au bout d'une minute, disparaît dans un dégradé infini de bleus. « La mer ! », lance Eva. Je ne sais pas quoi répondre. J'ai déjà vu la Manche sur un écran bien sûr, mais c'est tellement plus magique en vrai. J'ai envie de pleurer. Je songe à ma mère. Si seulement elle était montée dans le train pour Brighton ce jour-là, si seulement elle avait voulu voir la mer. Je suis pétrifié. Mes yeux se perdent dans l'horizon. Eva me prend la main. J'agrippe mes doigts aux siens.

Nous descendons jusqu'à la plage où nous nous asseyons. « Aïe, des galets ! » Elle me demande si je veux me baigner. Au moins les pieds. Elle se déchausse. Le vernis vert acidulé qui recouvrait ses jolis ongles hier est à peine écaillé. Le vent fait tanguer une mèche sur le haut de son visage. Mes chaussettes arborent chacune un trou au talon. Je les arrache en vitesse et les bourre dans mes baskets. Au loin, la jetée du *Brighton Palace Pier* ressemble à une fête foraine avec ses montagnes russes et ses manèges qui défient la gravité. Je comprends maintenant pourquoi Eva préférerait y aller avant le déjeuner. Nous nous trémoussons jusqu'au bord de l'eau en sautillant pieds nus sur les galets. J'essaie de garder un visage impassible, comme si je ne sentais pas la douleur, jusqu'à ce qu'Eva hurle, « merde, ça fait mal ! » et que je libère un cri à mon tour. Elle rit de nouveau. Elle se cramponne à mon bras pour ne pas glisser et pousse un soupir de soulagement lorsque l'écume légère effleure enfin nos orteils. L'eau est glacée comme la douche de l'Eden. Ça m'est égal. J'ai l'habitude. Je trempe un doigt dedans puis le suce. C'est vrai, je n'en reviens pas, la mer est salée. Eva rit encore une fois. Moi aussi. Je sens une petite pression sous ma poitrine, du côté du cœur. Je sors mon téléphone. Il faut que Lauren voie ça ! Eva me demande si je souhaite qu'elle prenne la photo. Je n'ai pas le temps de répondre qu'elle m'a déjà arraché le téléphone des mains. « Mets-toi là, la mer derrière toi, le visage dans la lumière. Souris

Adam, tu es beau quand tu souris, on imagine presque le petit garçon que tu as dû être. »

Nous passons un long moment au soleil, les pieds dans l'eau, les vagues plein les yeux. Eva s'est allongée sur les galets. De temps en temps, elle se plaint que ceux-ci lui rentrent dans le dos. Je reste debout. La mer me crache ses embruns à la figure. Je saisis un galet bien rond, bien plat que je lance vers l'onde presque calme, comme j'ai vu faire sur YouTube. Un, deux ricochets. Pas terrible. Je m'assieds à ses côtés. Elle se rapproche et pose la tête sur mes genoux. « Tu as de la chance Adam. Je me rappelle pas la première fois que j'ai vu la mer, moi. C'est tellement génial les premières fois. On en aura de moins en moins en vieillissant. Tu as de la chance. »

J'hésite à lui répondre que la chance n'a rien à voir là-dedans, comme m'en a convaincu Ben, pourtant je ne peux pas m'empêcher de songer que cette dernière n'est pas pour rien dans notre rencontre. Hier encore, je n'aurais jamais cru qu'une fille comme elle poserait un jour sa tête sur mes genoux et que je verrais la mer pour la première fois en sa compagnie. Claire a raison, certains moments méritent de ne pas finir noyés au milieu de centaines de photos. Ils nous appartiennent et se fondent doucement dans nos mémoires. Et il suffit de fermer les yeux pour les revisiter.

« On se fait un selfie ? », s'écrie tout à coup Eva. Elle me persuade ensuite de faire quelques tours de manège au *Brighton Palace Pier*. La caissière demande si nous avons acheté nos billets sur Internet. Non. « Désolé, les billets sont uniquement disponibles en ligne, ce guichet sert seulement à les retirer. » Eva est déçue. J'ai envie de m'énerver, de demander pourquoi il n'y a pas de panneau qui explique cette histoire de billets en ligne mais Eva déclare que ce n'est pas la fin du monde, qu'elle a faim de toute manière et qu'il est presque treize heures. « *Fish and chips*, dit-elle en souriant, tu ne peux pas venir à Brighton sans t'arrêter au fameux *fish and chips* de *Ship Street* ! » De nouveau je la suis en vérifiant l'adresse du resto que m'avait indiquée Ben. *Fish and chips*, angle *Ship Street* et *King's Road*. Je souris. Qui de Ben ou Cosima a bien pu initier l'autre à Brighton ?

Des tables et des chaises bleues sont disposées à l'intérieur du restaurant et sur un petit bout du trottoir. « Dedans ou dehors ? » me demande Eva. Le vent s'est calmé et le soleil chauffe la terrasse. « Dehors ! » Nous commandons chacun un cabillaud avec des frites et un soda. Je demande de la sauce au curry en supplément. Le serveur la verse dans un petit gobelet en carton. Eva s'empare de trois sachets de ketchup dans une boîte en libre-service et répond oui quand le serveur lui demande si elle veut du sel et du vinaigre sur son poisson et ses frites. Moi aussi. Cette fois-ci c'est moi qui règle. Eva sourit gentiment en me voyant me débattre avec mes billets de banque. Je n'ai ni compte bancaire, ni carte de crédit. Pas de père qui me laisse utiliser la sienne non plus. Je m'excuse et confie à Eva que Claire me paye en liquide. « Pourquoi tu t'excuses, Adam ? Y'a pas de honte. »

Réflexe de pauvre.

Nous nous asseyons à une table sur le trottoir et ouvrons en même temps nos boîtes-assiettes sous les cris des mouettes. Eva m'avoue que son frère demande toujours un supplément de sauce au curry, comme moi. C'est pour ça qu'elle riait. « Ça vous fait déjà un point commun. » Je rougis à l'idée qu'elle s'imagine un jour me présenter sa famille et songe que bientôt, je pourrai moi aussi lui présenter Lauren. Elles deviendront peut-être amies. Je vérifie l'heure d'un coup d'œil à mon téléphone. « Tu t'ennuies avec moi ? », plaisante Eva. Pas du tout. Le temps passe trop vite, c'est tout. Il est quatorze heures. L'autre a commencé à morfler.

Les mouettes lorgnent notre déjeuner et font du surplace au-dessus de nos têtes. Certaines, plus téméraires, atterrissent près de nous et s'énervent jusqu'à ce que nous leur lancions des miettes. Eva jette une frite. L'un des oiseaux la chope en plein vol. Une autre, puis un petit morceau de poisson. « Les portions sont énormes », dit-elle comme si elle se reprochait de gâcher de la nourriture. Ce petit manège attire d'autres mouettes. Elles nous assourdissent et piaillent leurs ventres affamés. Elles se disputent les restes de poissons qu'une poubelle vomit derrière nous. Soudain une demi-douzaine d'entre elles s'abat sur l'une de leurs congénères qui les narguait, un quart de poisson frit dans le bec. Elles s'acharnent jusqu'à ce qu'elle lâche enfin sa proie.

Je pense à l'autre, les bras sans doute recroquevillés autour de la tête, comme moi à quatorze ans lorsqu'il m'avait cogné. Je l'imagine supplier, crier qu'il ne comprend pas ce qui se passe, qu'il doit y avoir une erreur, hurler de douleur sous les coups des Slovaques, à chaque os brisé, à chaque articulation explosée par les barres de fer, et agoniser, seul, sur le macadam esquinté d'un parking isolé. Il s'est sans doute battu, au moins débattu, mais ces mecs n'ont pas quatorze ans et ne craignent pas que leur petite sœur trinque s'ils se rebiffent. Je revois mon reflet dans la fenêtre de la cuisine ce jour-là, la lèvre éclatée, l'œil boursouflé, les mains constellées de coupures vinaigrées. Je substitue, en pensée, la tête de l'autre à la mienne sur mon corps meurtri. Eva me demande pourquoi je souris tout à coup. Pour rien. Parce que j'avance.

Dans le train du retour, je n'ose pas envoyer de message à Pawel de crainte que la police ne fouille son téléphone quand elle mènera son enquête. Eva veut parler de littérature. « Tu as dû en lire des romans à ta vieille dame aveugle depuis presque trois ans. » Je lui réponds du mieux que je peux, même si l'obsession de savoir ce qui s'est passé sur le parking m'empêche d'être précis. Et s'il avait appelé au secours ? Et si un voisin avait aperçu les Slovaques ? Ou s'ils étaient arrivés en retard ? Ou lui en avance ? Non, il quitte toujours l'Eden à quatorze heures. Et s'il avait décidé de ne pas aller jouer au billard aujourd'hui ? Jane Austen, les sœurs Brontë, Tolstoï sont ses auteurs préférés. « Pour le moment », ajoute Eva. Je hoche la tête en me remémorant la lettre du Capitaine Wentworth : « Je suis tiraillé à mi-chemin entre l'angoisse et l'espoir ». Voilà le balancement qui a occupé toute ma vie ; de la disparition de ma mère à mon besoin de protéger Lauren, de mon amitié pour Pawel à mon aventure avec sa sœur, de ce que m'inspire la relation de Ben et Cosima aux différences entre Eva et moi, des violences perpétuelles de l'autre à son châtiment qui m'obsède à présent.

Nous arrivons à Clapham Junction vers dix-sept heures. Je propose à Eva de la raccompagner jusque chez elle. Une autre fois, répond-elle en ajoutant qu'elle a passé une super journée. Elle commande un Uber et s'appuie contre le mur de la gare pour l'attendre. Je m'approche. Elle m'attire vers elle. Nous nous embrassons. Nos langues se touchent de nouveau, lentement, passionnément, amoureusement. Je rêve de ce moment depuis hier matin, qu'elle prenne l'initiative de m'embrasser et pas l'inverse. Comme Cosima avec Ben. Au bout de cinq minutes, elle reçoit une notification : Mohammed, son chauffeur, est bien arrivé dans une Prius bleue. Elle vérifie la plaque d'immatriculation et se retourne vers moi pour me caresser la joue. Elle sourit et me fait un clin d'œil complice. « On se revoit bientôt Adam, j'ai très envie d'une autre première fois avec toi. » Je lui ouvre la portière. Elle semble étonnée, puis se glisse sur le siège arrière. Une tache jaune vif dépasse de son sac : mes jonquilles.

La voiture s'éloigne derrière l'échafaudage d'un immeuble. Je me demande ce qu'elle voulait dire. Pourquoi m'allumer comme ça, m'embrasser, m'effleurer la joue, m'avouer qu'elle a très envie et me laisser tout seul ici comme un con ? Très envie de quoi ? Une première fois. Notre première fois ? Je me rappelle ce qu'elle m'a dit dans le train ce matin – il faut que tu prennes des risques, Adam. Je suis tout à coup pris d'un désir incontrôlable de lui caresser la peau, les cheveux, le dos, les fesses. De la déshabiller et me retrouver nu avec elle dans sa petite chambre exiguë ou sur le canapé de son immense cuisine. D'effleurer sa culotte et son soutien-gorge comme hier matin dans son tiroir, puis de les lui enlever, de la plaquer contre son lit, de redoubler de vigueur quand ma langue goûtera à la sienne à nouveau et de me retrouver en elle. « J'ai très envie d'une autre première fois avec toi. » J'aurais dû monter dans le taxi. Je suis soudain pris de tremblements, une espèce de désir incontrôlable pour Eva. Il faut absolument que je la retrouve. Je suis convaincu qu'elle m'attend.

Si je cours, j'arriverai chez elle juste après son taxi.

28

Je bande sans raison sous la couette, les yeux égarés dans les fissures qui rampent sur le plafond. Mes matins varient peu d'une journée à l'autre. Je jette un coup d'œil à mon réveil ; bientôt l'heure de me lever, de recommencer. M'efforcer de ne pas reculer.

Je m'étire et baille en me frottant le torse. Mes pectoraux se sont développés depuis que je pratique la boxe. Semaine après semaine, j'ai abandonné mon corps d'adolescent. Lauren n'en revient pas. Mes biceps ont triplé de volume. Mes triceps aussi. Mon cou s'est élargi, mes épaules et mon dos ont forci. Je sais bien ce qu'elle pense : elle est terrifiée que je me mette à ressembler à l'autre.

Les combats sont interdits ici, alors je tape sur un sac

comme un forcené. Parfois un autre mec enfile une ceinture ventrale rembourrée. Je me défoule sur lui avant d'échanger nos places. Droite, gauche, droite, uppercut. Mes gants s'effritent, à force, autour des phalanges. Mes mains sont tout écorchées. Baz s'énerve après moi. Il dit que j'oublie mon jeu de jambes, c'est mon défaut principal. Ma garde est bonne, mais je fais du surplace. Ça m'est égal, le plus important c'est de cogner, cogner et cogner encore. Il sait de quoi il parle pourtant, Baz : il a été champion régional jusqu'à ce qu'un accident le condamne à donner des cours « à toute cette jeunesse, pour qu'elle s'en sorte », comme il dit. Je ne sais pas si on y arrivera un jour, mais en attendant on frappe. Il y en a régulièrement un qui se suicide ici. C'est le moyen le plus rapide de quitter cette routine mortifère.

Après la boxe, je me douche rapidement sous un filet d'eau glacée avant d'aller à ma formation dans le bâtiment E. Claire m'a conseillé d'en profiter pour suivre des cours en plus des livres qu'elle me prête. Comme toujours, elle a eu raison. Si tout se passe bien, j'obtiendrai mon diplôme de littérature anglo-américaine avant la fin de l'été. Après, on verra. Peut-être un Master. Elle rêve de Cambridge pour moi. Ou même Oxford. Je rigole quand elle affirme que j'en suis capable. Je rigole parce que je sais que, même diplômé, les a priori sur ma gueule, mon accent et mon passé continueront de m'empêcher d'avancer. Et pour le reste de ma vie.

Il fait une chaleur de bête dans cette piaule. On a beau laisser la petite fenêtre entrouverte toute la nuit, l'air circule à peine avec la porte cadenassée. Une brise légère m'attire jusqu'à la fenêtre. Je meurs de soif. Le soleil perce depuis une demi-heure et soulève la poussière d'un doigt réprobateur. Mon regard accroche la silhouette d'un camion de livraison de l'autre côté de la rue, devant la pépinière. C'est l'un des premiers commerces à avoir rouvert en Angleterre après la pandémie, le treize mai 2020. Si je me souviens de la date, ce n'est pas parce que je m'intéresse à l'horticulture ou même aux épidémies mais parce que ma mère s'est suicidée un treize mai. J'ai pensé aux fleurs que je pourrais mettre sur sa tombe, si elle en avait une.

Lamont a mal dormi et grogne depuis son côté de la cellule. En quatre ans, il ne s'est jamais habitué à la lumière du matin qui agresse la pièce au travers des barreaux l'été. Nous avons échoué ici pratiquement en même temps. Pas pour la même chose mais ça aurait pu. Il a poignardé à mort le mec qui a buté son petit frère. Je ne vais pas rentrer dans les détails, mais on avait l'habitude de ce genre de guerres de clans dans le quartier. Lamont a grandi à *Arcadia House*, en face de l'Eden, avec les Jamaïcains et les Nigérians. La différence n'est que statistique : une majorité de Blancs à l'Eden, de Noirs à Arcadia. C'est tout. Les morts sont les mêmes.

En prison, les bandes de l'extérieur se reforment et les couteaux circulent. Les portables aussi, comme tout ce qui est interdit. Les amphétamines, la coke, l'héroïne. C'est rare de ne pas tomber dedans. Lamont est à la tête des Jamaïcains, de loin la bande la mieux organisée. Qu'il ait vengé son frère a suscité une forme de respect de la part des autres détenus et les mecs l'ont suivi. Il s'est fait refiler un Huawei clandestin par un des matons, jamaïcain lui aussi, pour pouvoir parler à sa mère qui s'est retrouvée toute seule quand la police l'a arrêté. Il planque un couteau sous son matelas, par habitude, comme quand il vivait à *Arcadia House*, comme moi à l'Eden. Au début ça me faisait flipper, d'autant qu'ils collent rarement un Blanc dans la piaule d'un Noir. Maintenant, ça me rassure. Personne ici n'oserait m'emmerder. Lamont et moi sommes comme les doigts de la main.

Avant la pandémie, ma liste de visiteurs autorisés regorgeait de noms : Lauren évidemment et Claire qu'Amélia accompagnait une fois par mois. Parfois elles étaient escortées par ma sœur. Depuis cette effroyable soirée, elles vivent toutes les trois ensemble, dans la grande maison de Claire. À chacune de leurs visites, elles m'apportaient un lot de livres destinés à tromper ma solitude et à m'assister dans mes études.

Ben et Cosima venaient trois ou quatre fois par mois, jusqu'à ce qu'ils déménagent à Berlin où une galerie spécialisée en Street Art leur a fait un pont d'or. Je reçois d'ailleurs régulièrement des photos de leurs dernières œuvres par la poste puisqu'aucun écran n'est autorisé dans l'enceinte de la prison. C'est superbe. Ils affirment attendre que je sorte pour se marier. Cosima dit, en plaisantant, que ses parents feront sans doute une syncope lorsqu'ils apprendront que le témoin de son fiancé a fait de la prison. Mais Ben et elle sont dans le secret ; ils savent que je ne suis pas un criminel. Les circonstances, elles, étaient criminelles, mais pas moi. Et puis, comme s'en amuse Ben, les parents de Cosima ont fait le plus dur en acceptant que leur fille laisse entrer un Africain dans la famille, alors…

La mère de Ben m'a rendu visite plusieurs fois, accompagnée d'une de ses filles pour traduire quand l'émotion lui serrait la gorge. Tous les jeudis, sans faute, elle déposait un Mars à la guérite des visiteurs avec mon numéro de prisonnier dessus. Les gardes le cassaient inlassablement en deux pour vérifier qu'il ne contenait rien d'illicite, puis le bourraient tant bien que mal dans l'emballage avant de me le remettre, gluant de caramel. Elle a été contrainte d'arrêter pendant la pandémie. De toute façon, ses Mars finissaient directement à la poubelle.

Karolina passait dès qu'elle en avait l'occasion. Elle possède deux salons de coiffure maintenant, même si la Covid l'a pratiquement mise sur le sable. À chaque fois, elle me donnait des nouvelles. Pav ? Je ne l'ai pas revu depuis le jour où il a défoncé la paroi de l'ascenseur d'un coup de poing. Il n'est même pas venu au procès. Sa famille a, dans un premier temps, quitté l'Eden pour s'installer dans leur nouvelle maison, de l'autre côté des voies ferrées. Puis, il y a un peu plus d'an, ses parents sont rentrés en Pologne. Ils y vivent comme des rois aujourd'hui. Pawel ne les a pas suivis. Il a rejoint Viktor à la tête de *Call the Polish !* Ensemble, ils se sont lancés dans la promotion immobilière. Ça marche très fort. Beaucoup de clients les prennent pour des jumeaux, comme quand Pav se faisait passer pour Viktor sur Tinder, m'a confié Karolina en riant. Son rire est toujours aussi joli. Comme celui d'Eva. J'ignorais qu'elle était au courant pour Tinder. Elle sait tout, même l'aventure de Pawel avec Béata. C'est lui qui lui en avait parlé le premier, du coup elle lui avait raconté ce qui s'était passé entre elle et moi au salon de coiffure. J'avais haussé les épaules quand elle me l'avait avoué en s'excusant. J'avais déjà perdu l'amitié de son frère, ça ne changeait rien. Béata et ses filles vivent à Bristol à présent, avec leur père. Pav n'a rencontré personne. « Personne de sérieux », avait précisé Karolina. Il a peu d'amis depuis que Ben vit à Berlin. Le travail lui prend tout son temps, avait ajouté Karolina. Je n'en étais pas revenu. Pav ? Qui l'aurait cru. J'avais souri. Ben à Berlin, Pav à la tête de l'entreprise familiale, nous étions tous les trois parvenus à fuir l'Eden.

La pépinière, en face de la fenêtre, est notre seul moyen de suivre les saisons : à l'automne, les étals se remplissent de citrouilles pour Halloween, les érables du Japon rougissent en novembre, les sapins s'entassent le long de la rue à Noël, puis l'ensemble hiberne sous la neige jusqu'au printemps. Les pots de jonquilles et de narcisses font leur apparition en mars, les cerisiers, les pommiers, les magnolias se couvrent de fleurs au mois d'avril et très vite les clients se disputent de nouvelles plantes pour remplacer celles que l'hiver a assassinées dans leur jardin. Les employés passent leur temps à réarranger les pots, comme une jungle mouvante que j'observe changer depuis ma cellule. Je connais le nom des plantes parce que Claire m'a filé un bouquin dessus, un jour où je lui disais que j'en avais marre des romans. Elle pensait que ça m'ennuierait et que je réclamerais de la fiction à grands cris mais, au contraire, ça m'a passionné.

Avant de partir pour Berlin, Ben et Cosima ont tagué le mur de la pépinière. Ils ont reproduit à l'identique la fresque qu'ils avaient peinte dans Banksy Tunnel : un couple de squelettes fluo enlacés devant un champignon atomique pulvérisant l'Eden. Selon les saisons, il disparaît parfois sous la jungle de la pépinière. Chaque matin, je l'admire depuis ma fenêtre. Parfois, ça me rend presque nostalgique.

Pendant la pandémie, l'administration pénitentiaire a suspendu toutes les visites. Nous n'avions plus droit qu'à un seul appel vidéo de trente minutes par mois depuis le téléphone de la prison. Depuis le début de mon incarcération, j'avais pris l'habitude de voir Lauren deux fois par semaine. Je la regardais grandir, s'épanouir et m'offrir une raison de continuer cette mascarade. Quand la Covid a tout chamboulé, j'ai très mal supporté cet isolement supplémentaire dans mon isolement. Je me suis mis à dépérir dans mon coin de cellule. Lamont m'a sauvé la vie. Il a fait glisser son portable le long du sol crasseux un soir où je me mordais le bras pour contrôler mon chagrin. « Putain mec ! J'ai besoin de dormir », a-t-il ajouté, soucieux de camoufler un geste de générosité que je promis de ne jamais ébruiter. Je me suis réfugié sous la couette, pour que personne ne m'entende, et j'ai composé le numéro de Lauren. Lamont écoutait notre conversation. Il pensait à son frère mort. Enfin, je suppose ; entre deux murmures à ma sœur, je l'entendais étouffer des sanglots dans son oreiller.

Eva ? Non. Jamais. Je n'ai même pas dit aux flics que nous avions passé ma dernière journée de liberté ensemble. Je ne pense pas qu'elle sache ce qui est arrivé ce soir-là. Je ne l'ai jamais revue. C'est mieux comme ça. Elle n'aurait pas compris. Déjà qu'elle croyait que je voulais lui chourer son sac...

29

Je bande sans raison sous la couette, les yeux égarés dans les fissures qui rampent sur le plafond. C'est mon dernier matin ici. Depuis que je suis en prison, je compte les jours comme je comptais les pas qui séparent l'Eden de Clapham Junction : mille quatre cent soixante. Mille quatre cent soixante et un en réalité, car j'avais oublié l'année bissextile. Quatre ans. Je sors aujourd'hui.

Lamont m'a demandé si je voulais bien rendre visite à sa mère quand je serais dehors. « Parle-lui de ma vie ici. Raconte-lui le plus d'anecdotes possible, les bonnes et les moins bonnes. Tu sais raconter des histoires, Adam. Tu sais te débrouiller pour que les gens te croient. Et ma mère a besoin de croire en quelque chose, avec un fils au cimetière et l'autre en prison. »

Elle n'habite plus à *Arcadia House*. La municipalité a vendu à des promoteurs immobiliers les terrains où se dressaient les tours de notre enfance. Leurs habitants ont été relocalisés dans des HLM au bout du bout d'une ligne obscure de métro. Les barres qui entouraient l'Eden – *Arcadia House, Utopia House, Cornucopia House* – ont été rasées pour laisser place à des immeubles superbes, ultra modernes, qui ont poussé comme des champignons en trois ans. L'Eden a été conservé en raison de son inscription aux monuments historiques. Il accueille aujourd'hui des lofts de luxe, m'a dit Lauren quand je lui ai demandé confirmation, du moins à partir du sixième étage. Certains anciens résidents, qui avaient souhaité revenir après les travaux, s'y sont réinstallés. Une entrée spéciale a été prévue pour eux, à l'arrière de l'immeuble.

Hier, le directeur a tenu à me souhaiter bonne chance pour ma réinsertion. Je n'ai rien répondu. Si je lui avais confié que je ne crois plus à la chance depuis longtemps, il n'aurait pas compris. Il a dit « Vous êtes libre, tâchez de bien utiliser votre liberté cette fois-ci ». Cette fois-ci ? J'ai haussé les épaules dans son dos. Il n'a rien vu. Je me suis demandé s'il utilisait bien la sienne, lui qui n'en a jamais été privé. Il a voulu savoir si j'avais une adresse où aller. « La première nuit est difficile, je ne vous le cache pas. » Qu'est-ce qu'il en sait ? Je viens de passer mille quatre cent soixante et une nuits difficiles entre ces murs. Une de plus fera peu de différence. Oui, j'ai une adresse où aller : chez Claire où Lauren m'attend.

Il est sept heures trente-quatre du matin. Je sors de ma cellule, escorté par un gardien, pour la dernière fois. Lamont est déjà à la boxe. Avant de partir, il a murmuré « Salut mec, n'oublie pas de passer voir ma mère », en s'adressant à la porte, puis il s'est essuyé les yeux d'un coup de manche. Hier soir, j'ai dit au revoir aux autres comme l'exige la tradition. Personne n'a envie de rester une minute de plus dans ce trou à se répandre en salamalecs le jour de la quille. Certains rigolaient pour ne pas montrer leur peine, d'autres convoitaient déjà la protection de Lamont, d'autres encore m'ont pris dans leurs bras avec une virilité maladroite et m'ont appelé « frère ». Le plus vieux d'entre nous a vingt-quatre ans.

Personne n'a remarqué ma trouille.

Arrivé en bas, je suis fouillé sans un mot par deux gardes. Je me demande bien ce qu'ils cherchent. Un peu de solitude que je planquerais sur moi ? On me fait remplir tout un tas de formulaires comme pour retarder le moment de ma délivrance, puis on me remet les quarante-six livres sterling réglementaires que tout détenu reçoit le jour de sa libération afin de rebondir. Je gagnais davantage en deux jours, au supermarché de Mister Ferguson, quand j'avais treize ans. J'hésite à prendre cet argent, non par mépris mais parce que ces quarante-six balles – surtout la pièce d'une Livre posée seule sur deux billets de vingt et un billet de cinq – me hurlent symboliquement que je n'ai jamais cessé de reculer.

On me tend un sachet en plastique qui contient les quelques possessions trouvées sur moi lors de mon arrestation. Mon téléphone, mes clefs, mon sac à dos. Il contient encore le bouquin d'Harper Lee que Claire m'avait prêté ce jour-là. Le téléphone est mort. Personne ne l'a rechargé depuis quatre ans. Claire a continué d'en payer l'abonnement pour le jour où je sortirais. Il refuse de s'allumer.

Ce matin je suis seul. Aucun autre détenu ne sera libéré en même temps que moi. Je m'efforce de maîtriser ma respiration pour que les gardes ne remarquent rien. Je suis tétanisé à l'idée d'être craché hors de ces murs et d'affronter le monde réel.

L'horloge marque huit heures vingt-deux. Un gardien m'accompagne. Je le suis pas à pas, à travers des couloirs de béton, des grilles renforcées et des sas aux vitres blindées que surveillent de multiples caméras. Je souris malgré moi aux objectifs. Nous nous retrouvons devant une petite porte en fer découpée dans l'immense porte principale. Il appuie sur un bouton dissimulé près de la dernière fenêtre pare-balles. Un groom électrique en déclenche l'ouverture. Le gardien me fait un signe de la tête pour m'indiquer que, ça y est, je suis libre. C'est tout. Pas un mot. Mille quatre cent soixante et un jours. On/Off. Ma liberté au bout d'un interrupteur.

La porte se referme dans un clic métallique. En moins de cinquante minutes, on m'a sorti d'une cellule, où mon temps s'est étiré lentement pendant quatre ans, pour m'abandonner à une ville devenue étrangère. J'atterris sur le trottoir face à la pépinière. Seul. Je cherche Lauren du regard. Personne. Elle a sans doute un peu de retard. Je lui avais dit neuf heures après tout. Sans téléphone, je n'ai aucun moyen de la joindre ni de connaître l'heure exacte. Mieux vaut patienter ici. Je prends une profonde inspiration. Les autres m'avaient prévenu : l'air exhale une odeur particulière que seuls ceux qui ont été privés de liberté décèlent. Ils l'ont tous sentie les premières minutes. Ils m'ont aussi mis en garde contre la panique qui saisit, tout à coup, lorsqu'on se rend compte qu'on ne fait plus partie de rien.

Comme tous les lundis, le camion termine sa livraison de plantes. Je fouille dans ma poche et en sors, coincée entre les billets de banque, la minable pièce d'une Livre. Je la lance en l'air, la rattrape dans ma paume puis la retourne sur le dos de mon autre main : Face. Je n'avais rien choisi mais décide que j'aurais sans doute dit Face. Je me rassure. Tout ira bien.

Le soleil matinal de juillet me caresse le visage. Je n'ose pas m'impatienter et refuse de me sentir déçu par l'absence de comité d'accueil. Je ne me doutais pas que quatre années derrière les barreaux prendraient si peu de temps à effacer, du moins administrativement. Je m'assieds sur le muret qui cerne la prison, dos appuyé contre les grilles, et ferme les yeux. J'ai vingt-deux ans, quarante-six Livres Sterling en poche et dois maintenant me construire un avenir. Je comprends les anciens détenus qui, à peine le nez dehors, agressent volontairement un policier pour retrouver leur cellule. Ce monde est terrifiant. Les peines de prison ne prennent jamais fin. La liberté, pour ceux qui sortent d'ici, n'est pas la même que pour les autres. Les stigmates de l'incarcération ne cicatrisent jamais. J'ai un diplôme mais quelle école voudra employer un ancien détenu ? Que répondre quand on me demandera pour quel crime j'ai passé quatre ans à l'ombre ? Je rouvre les yeux et chasse ces questions.

Le camion fait marche arrière et révèle un chemin étroit, dissimulé derrière les arbres, que je n'avais jamais remarqué avant. J'aperçois au loin une silhouette qui le remonte lentement. Soudain, elle se met à courir ; Lauren ! Elle sourit. Ma sœur sourit, comme quand je peuplais son imagination de la mienne. Je voudrais courir à sa rencontre mais je crains de m'effondrer. Je me lève, chancelle et empoigne la grille de la prison pour garder l'équilibre. J'ai à peine le temps d'ouvrir les bras que Lauren s'y réfugie déjà et moi dans les siens. J'embrasse son visage partout : son front, ses sourcils, ses yeux trempés, son nez, ses joues. Je n'arrive pas à le croire. Elle est si belle malgré les larmes. Encore plus belle même. Elle essuie ses joues sur mon t-shirt. Je retrouve l'odeur de ma mère dans ses cheveux. Elle avait vingt-cinq ans lorsqu'elle nous a quittés et Lauren dix-neuf aujourd'hui. En grandissant, ma sœur s'est métamorphosée. Physiquement, c'est notre mère mais elle n'a rien pris de sa mélancolie. Elle est presque heureuse, ou en tout cas elle n'est plus malheureuse, comme elle me l'a confié il y a peu de temps. Elle a cessé de se mutiler. Aujourd'hui, elle porte des manches courtes et assume pleinement ses cicatrices. Je lui embrasse les poignets.

Où sont Claire et Amélia ? Elles m'attendent à la maison. Elles voulaient nous laisser du temps pour nous retrouver. « À la maison », je n'ai jamais utilisé cette expression. C'était toujours l'Eden. Je me réjouis que Lauren l'emploie, surtout pour décrire la maison de Claire.

Je préférerais me balader un peu avec elle, seuls. Elle comprend. Nous marchons enlacés jusqu'au parc. Nous nous allongeons sur le gazon et plongeons nos regards dans les nuages. Un long sillage blanc fend le ciel en deux. Nous nous taisons le temps que la traînée se dissipe. Il y a encore quelques années, je lui aurais menti que notre mère se trouvait peut-être à bord. J'ignorais tout des angoisses que ma sœur vivait en silence. Quand j'ai découvert ses mutilations, ce fameux soir, tout est allé si vite que j'ai à peine eu le temps de m'en inquiéter. J'en ai pleuré ensuite au commissariat. Je serre la main de Lauren puis remonte le long de son poignet et de son avant-bras pour caresser ses cicatrices. « Je vais bien Adam, je vais mieux. Je n'ai jamais été aussi heureuse qu'aujourd'hui. » Nous restons ainsi un très long moment en silence, les yeux dans le ciel. Les mots deviennent casaniers avec les années.

Au bout de deux heures, elle murmure que ce serait bien de décoller de notre carré d'herbe. Claire et Amélia sont sans doute impatientes de me revoir. J'hésite puis murmure que je les rejoindrai toutes les trois ce soir. Lauren a l'air déçue mais j'ai besoin de déambuler, de marcher toute la journée où je veux, sans limites, sans contraintes, sans mur ni enceinte pour m'en empêcher. Je veux sentir toutes les odeurs qui m'ont manqué depuis quatre ans : l'herbe coupée, le café, l'essence, le graillon du *fish and chips*. J'ai envie de claquer les quarante-six Livres d'hypocrisie qui alourdissent le fond de ma poche, de vivre comme si c'était ma dernière journée. De me souvenir et d'oublier.

J'ai envie de pleurer, pourtant rien ne sort. Tant mieux. Lauren se sentirait coupable. Or il n'y a pas de coupable dans cette histoire. Il n'y en a jamais eu. Il n'y a eu que des victimes.

30

La pendule du tableau de bord affiche onze heures dix-sept et le compteur, neuf Livres. Je contemple l'édifice par la fenêtre et hésite à descendre. Il le faut pourtant. Les quatre ans qui viennent de s'écouler n'auraient aucun sens si je me débinais maintenant. Lorsque ce sera fini, je me sentirai enfin vraiment libre. J'ai souvent songé à ce moment quand j'étais en prison. Je ne me doutais pas que j'en ressentirais l'urgence au point de venir ici immédiatement après ma libération, et d'y venir seul. Mais qui aurait pu m'accompagner ? J'ai gardé le secret toutes ces années, pour Lauren. Je ne regrette rien. Je n'ai ni amertume ni rancune. Un peu d'angoisse, un peu d'espoir. Comme le Capitaine Wentworth, me voilà tiraillé entre les deux.

Je ne me suis confié qu'à Lamont en prison : la cellule crée des liens. Ben et Cosima connaissent la vérité depuis le début, et pour cause ! Pav aussi sans doute, même s'il ne m'a jamais pardonné. Il a au moins tenu sa langue. Et puis Lauren, évidemment.

Je descends du taxi. Le soleil me caresse le visage. Je m'approche du bâtiment, nez en l'air, yeux mi-clos pour absorber la lumière. Agenouillés sur le bitume, des ouvriers profitent de la journée ensoleillée pour repeindre les grilles en noir. Je manque de me prendre les pieds dans leurs pots de peinture, posés en rang d'oignons le long du trottoir. Ils s'excusent en polonais. Je passe le portail. La statue dorée de Jean-Paul II pointe toujours du doigt vers la porte d'entrée. Celle-ci grince, comme il y a quatre ans. La fameuse journée où nous sommes tous les trois partis à la recherche d'Eva n'a jamais quitté ma mémoire.

Une légère odeur d'encens m'accueille à l'intérieur. La porte se referme hermétiquement, chassant d'un coup le ronronnement de la ville. Le silence, en prison, n'existe qu'au plus profond de la nuit. Et encore, il continue souvent de hurler jusqu'au tréfonds de nos solitudes. J'avance lentement sur le tapis rouge et or, dans la lumière tamisée des vitraux. La veilleuse rouge, au fond de l'église, me guide jusqu'à la statue de Saint Paul. La patine fait briller ses orteils que les fidèles caressent en priant. Je relis l'inscription sur le socle : *L'Amour pardonne tout, il croit tout, il espère tout, il supporte tout. L'Amour ne meurt jamais.*

Il n'y a personne au confessionnal, pas la moindre basse-cour pour disséquer les péchés des autres et les commenter à voix basse. Pas de Béata en pâmoison. Pas de Pawel non plus. Je m'approche et soulève un des deux rideaux.

« Vous cherchez quelque chose ? » Je me retourne brusquement, prêt à bondir comme me l'ont appris quatre ans de crainte du couteau en prison. Un homme se tient devant moi. Il a une cinquantaine d'années, les cheveux grisonnants. Il est très grand, très puissant avec de larges épaules et des mains immenses. Je ne serais pas étonné qu'il soit boxeur. Il me sourit. Je risque une question.

— Je cherche le père Wisniewski.

— C'est moi.

— Vraiment ?

— Oui, dit-il en riant. Que puis-je pour vous ?

— Je voudrais me confesser.

— Ah ? Il faudra revenir à onze heures demain. Les horaires de la confession sont notés sur le panneau à gauche en entrant dans la nef.

— J'en ai vraiment besoin aujourd'hui, s'il vous plaît.

— Aujourd'hui ? Ça ne peut pas attendre demain ?

— C'est difficile à expliquer. Je crois que j'en ai besoin pour pouvoir reprendre ma vie.

Mon insistance l'interpelle. Il me demande pourquoi ? Je sors de prison. J'ignore si je suis catholique, mais j'ai besoin de pardon et il n'y a plus personne pour me pardonner ; ni ma mère, ni l'autre, ni Pav, ni Eva. Personne. Alors je veux bien essayer Dieu, s'il existe et si ça l'intéresse. Le père Wisniewski me dévisage intensément, en détail, longuement et sans prononcer un mot. Il m'indique de le suivre. Une inscription en lettres gothiques sur la porte qu'il ouvre, indique Sacristie.

— Comment t'appelles-tu ?
— Adam. Adam Payne.
— Je ne peux pas te confesser si tu n'es pas catholique, Adam. Je ne peux pas te convaincre non plus que Dieu existe. C'est à toi de trouver le chemin vers lui. Je ne peux que t'écouter, d'homme à homme. De boxeur à boxeur. Je vois bien à tes mains écorchées que tu boxes. Avec des gants pourris sans doute. Dis-moi ce qui t'amène, cela t'aidera peut-être à te pardonner à toi-même.

Et le secret de la confession dont m'a parlé Pawel ? Le père Wisniewski s'engage à le respecter. J'ai déjà purgé ma peine en prison. Il ne s'occupe pas du jugement des hommes.

Il tire une chaise et s'assied. Avant de commencer, je lui demande si je peux brancher mon téléphone à une prise d'où pend un chargeur. « Bien sûr, mon fils. » J'ai un coup au cœur ; personne ne m'a jamais appelé « mon fils » de ma vie. Je m'assieds en face de lui. Son regard est plein de bonté. Il m'est impossible de le soutenir en sachant ce que je m'apprête à confesser. Je baisse la tête et m'adresse à mes chaussures pour entamer mon récit. Depuis le début. Depuis mon enfance. Depuis l'Eden.

Arrivé à l'épisode du dernier soir, je m'arrête et relève la tête. Le père Wisniewski n'a pas bronché. Je perçois cependant son émotion. Je poursuis et raconte comment j'ai rejoint la maison d'Eva peu de temps après l'avoir laissée rentrer seule en taxi. Je savais qu'elle cherchait davantage qu'une simple balade en bord de mer à Brighton, elle m'avait clairement allumé. L'autre avait sans doute eu son compte et je ressentais un besoin paradoxal, entre défoulement et réconfort. Une vingtaine de minutes plus tard, je suis arrivé devant chez elle, essoufflé après avoir couru. Mon excitation était à son comble. Tout le long du chemin, je n'avais pensé qu'à elle, nue, dans mes bras. J'en tremblais, physiquement. Je tremblais de désir. J'essayais de localiser la boîte à clefs dont elle m'avait parlé pour pénétrer chez elle et la surprendre – je savais qu'elle en avait envie autant que moi – quand mon téléphone a vibré.

Un message de Lauren. « T'es où ? Il s'est passé un truc horrible. Viens vite ! » Je savais de quoi il s'agissait, évidemment, mais je ne pensais pas que ma sœur serait la première au courant. L'autre était sans doute rentré, en sang, rampant jusqu'à l'Eden et elle avait pris peur devant sa gueule de zombie, ou bien les flics se trouvaient déjà sur place après l'avoir retrouvé à moitié clamsé sur le parking de l'académie de billard et interrogeaient ma sœur. Dans un cas comme dans l'autre, je ne pouvais pas la laisser seule.

J'ai quitté la rue d'Eva et suis reparti vers l'Eden en sprintant de toutes mes forces.

Deux des quatre ascenseurs de Cap Canaveral étaient en panne ce soir-là. Je pestais tout seul en appuyant sans discontinuer sur le bouton d'appel quand Ben a débarqué, l'air ravi. L'article dans le Guardian était paru le matin même et tout le monde voulait un morceau de lui et de Cosima. Je n'ai témoigné aucun intérêt pour sa bonne nouvelle. « Il y a un truc qui ne va pas, Adam ? » J'ai répondu évasivement que ma sœur m'attendait, que je n'avais pas le temps de discuter. Il a insisté pour me suivre jusqu'à l'appartement. J'ai hésité avant de songer qu'il m'innocenterait immédiatement si la police se penchait sur mon emploi du temps.

J'ai ouvert la porte de l'appartement prudemment au cas où l'autre serait effondré derrière. Personne. Ni dans l'entrée, ni dans le salon où la télévision était éteinte. Pas dans la chambre de l'autre non plus. Ben a continué jusqu'à celle que je partageais avec Lauren. C'est à ce moment-là qu'il a hurlé.

L'autre gisait près du lit, inerte, les mains agrippées au manche du couteau que je planquais sous la photo de ma mère. Un rictus méchant lui déformait le visage, ou peut-être était-ce la douleur, je n'ai pas eu le temps de me poser la question. Il avait encore les yeux ouverts, révulsés vers les fissures du plafond. Ça m'a fait un choc ; pas qu'il soit mort mais qu'il ne soit plus vivant. Il avait dû essayer d'extirper la lame de son abdomen, en vain. J'ai songé qu'il n'avait sans doute pas clamsé tout de suite, qu'il avait dû souffrir, même quelques minutes. Il avait compris qu'il était en train de crever. Ça m'a fait du bien. J'avais si souvent souhaité sa mort – je l'avais même préméditée en le livrant aux Slovaques – que j'aurais dû exulter. Le voir figé dans ce cri de douleur ne me procurait cependant aucune émotion : ni tristesse, ni joie, ni regret. Uniquement un soulagement momentané. Bien sûr, je me demandais ce qui avait bien pu se passer pour qu'il finisse dans cette chambre plutôt que sur le parking de l'académie de billard, mais je n'avais pas le temps de chercher une réponse. Ben était pétrifié. Son regard oscillait du corps de l'autre à Lauren en passant par moi. Je voyais bien qu'il échafaudait des théories dans sa tête. Lauren ne disait rien, mais j'avais compris. J'avais compris qu'à quatorze ans, ma sœur avait eu le cran qui m'avait fait défaut au même âge. Puis l'inquiétude a évacué toutes ces pensées en une fraction de seconde, une inquiétude immense. Il ne s'agissait pas d'un sentiment nouveau – j'ai passé ma vie à être inquiet – mais sa nature avait changé. Jusqu'à présent je craignais que l'autre ne fasse du mal à Lauren, maintenant j'étais paniqué car il était évident qu'elle l'avait tué. Je ne pensais plus qu'à une chose : comment m'arranger pour qu'elle ne soit pas accusée ?

Prostrée sous sa couette, oreiller sur la tête, elle sanglotait. Ben était atterré. Il s'est rué vers la salle de bains pour vomir. Pas moi. Je me suis précipité sur ma sœur pour la prendre dans mes bras et la bercer pendant de longues minutes. De retour dans la chambre, Ben a sorti son téléphone.

— Qu'est-ce que tu fous ?

— J'appelle les flics.

— Ça va pas ? Pas tout de suite. Laisse-moi d'abord lui parler.

Lauren tremblait, recroquevillée sur elle-même. Des spasmes réguliers étranglaient ses pleurs. Elle essayait de murmurer quelque chose, mais seuls sortaient des cris d'animal blessé. Sa main crispée refusait de s'ouvrir dans la mienne. Je l'ai embrassée en chuchotant que j'étais là et Ben aussi, qu'elle allait tout nous raconter, qu'elle ne risquait rien avec nous. Elle s'est détendue au bout de plusieurs minutes, à force de lui caresser les cheveux. Sa respiration haletante l'empêchait toujours de prononcer le moindre mot. Sa main s'est ouverte, moite de peur, et j'ai pu y glisser la mienne. La peau, autour de son poignet, collait sous mes doigts ; ce que je prenais pour de la transpiration était en fait du sang. « Mon Dieu Lauren, c'est lui qui t'a fait ça ? » Elle m'a fait signe que non. Je l'ai prise de nouveau dans mes bras, sa tête contre mon épaule. Ben s'est approché et s'est accroupi à nos côtés. « Dis-nous tout Lauren. C'est nous. Adam et Ben. Tu n'as rien à craindre. » La respiration de ma sœur s'est calmée lentement. Elle s'est mise à parler.

Après mon départ pour Brighton ce matin-là, l'autre s'était levé tard. Il avait fait chou blanc la veille sur Tinder et son humeur au réveil s'en ressentait. Il avait à peine adressé la parole à ma sœur, sauf pour lui demander où j'étais. Comme s'il en avait eu quoi que ce soit à foutre. Lauren lui avait répondu qu'elle ne savait pas et il l'avait imitée en se moquant d'elle avec une voix de fillette. « Je sais pas, je sais pas, on dirait ta mère. » Il était ensuite parti jouer au billard, comme tous les dimanches, vers quatorze heures. Il était rentré bourré, cinq heures plus tard, et avait pesté que l'académie était fermée à cause d'un dégât des eaux. Il s'était rabattu sur le pub avec les autres joueurs habituels et puait l'alcool. Je me demandais pourquoi les Slovaques ne l'avaient pas coincé sur le parking, même si l'académie était fermée. Que s'était-il donc passé ?

L'autre avait hurlé de rage et insulté mon nom quand il avait aperçu les mandarines écrasées sur le sol de la cuisine. Il était trop torché pour se rappeler les avoir lancées lui-même contre le mur la veille. Il s'était précipité dans notre chambre, pensant m'y trouver, sans doute pour m'engueuler. Lauren était assise sur mon lit, la photo de notre mère entre les mains. Elle avait sursauté quand il avait shooté dans la porte, furieux et bien éméché. Il lui avait arraché la photo et s'était mis à rire en voyant ma mère à seize ans poser devant le pont de Newcastle. « Qui t'a donné ça ? C'est moi qui ai pris cette photo ! J'aurais dû la foutre au feu avec les autres. » Il s'apprêtait à la déchirer quand Lauren s'était jetée sur lui pour l'en empêcher. Il était soudain devenu enragé et avait retiré sa ceinture, pour la corriger avait craint Lauren, même s'il n'avait jamais osé la frapper jusqu'alors. Il avait déboutonné sa braguette et s'était approché du lit. Lauren s'était retournée, prête à se défendre. Il s'était jeté sur elle. Elle s'était débattue, il l'avait giflée. Comment lutter, à quatorze ans, contre un homme de la carrure de l'autre ? Son haleine puait l'alcool. L'ébriété avait toujours décuplé sa force, comme quand il frappait notre mère. Il avait plaqué Lauren contre le matelas en la maintenant fermement par les poignets. Elle avait eu beau hurler, ruer, donner des coups de pied, il ne la lâchait pas. Il avait eu un soudain mouvement de recul quand les poignets de ma sœur s'étaient mis à saigner. Il avait relâché son étreinte. C'est à ce moment-là qu'elle en avait profité pour lui comprimer les couilles, comme je lui avais conseillé de le faire si un mec la serrait de trop près. L'autre avait gueulé comme un putois en s'agrippant l'entrejambe. Sa rage explosa. Il se rua sur elle encore plus violemment. Lauren saisit le couteau dont elle venait de se servir pour se mutiler et le brandit en le menaçant. L'autre ne la prit pas au sérieux, se jeta sur elle comme un animal, trébucha sur un pli de la moquette et s'empala de tout son poids sur la lame tendue.

Lauren était en état de choc. Elle était restée prostrée avant de m'envoyer un message. Je pressai la tête de ma sœur un peu plus fort contre ma poitrine et susurrai que c'était fini, qu'il ne fallait plus y penser.

Elle cessa de pleurer, me regarda intensément et, avec une maturité que je ne lui avais jamais connue, murmura : « Il n'a eu que ce qu'il méritait. Tu aurais dû le tuer le jour où il t'a battu à mort. Tu aurais dû lui trancher la gorge, Adam. »

Le père Wisniewski est abasourdi. Les larmes roulent malgré lui le long de ses joues. Ses yeux semblent m'interroger pour savoir si je dis la vérité, mais qui pourrait inventer une histoire pareille ?

— Quel âge as-tu Adam ?

— Vingt-deux ans.

— Et ta sœur ?

— Aujourd'hui, elle en a dix-neuf. Elle avait six ans quand notre mère s'est jetée sous le Gatwick Express.

Le père Wisniewski lance un regard vers la croix qui occupe tout un mur de la sacristie et secoue la tête en se frottant les yeux.

Il fallait agir vite. Lauren était traumatisée mais elle ne regrettait pas ce qui s'était passé. Ben n'en croyait pas ses oreilles. Lui aussi avait fondu en larmes malgré lui. J'expliquai à ma sœur qu'elle devait oublier ce qui s'était passé, et ne retenir que ce que j'allais lui dire, surtout quand la police l'interrogerait. C'était moi que l'autre avait attaqué. C'était moi qui avais planté ce couteau dans son bide quand il était devenu fou de rage en découvrant la photo de notre mère que je gardais dans mon tiroir. Ben me fixait, les yeux écarquillés. « Tu fais quoi mec ? » Je me retournai vers lui, pétrifié d'angoisse. Je ne pouvais pas laisser ma sœur se faire embarquer par les flics. Elle ne survivrait pas à la prison. Ben baissa la tête en signe d'acquiescement. Il murmura, « Lauren, tu n'as pas passé la journée ici, tu es venue avec moi à Banksy Tunnel. » Lauren me dévisagea. « On ne peut pas faire ça Adam. »

Pourtant, c'est ce que nous avons fait. Nous avons inventé la vérité et nous y sommes tenus jusqu'au procès. Jusqu'à aujourd'hui. L'autre s'était jeté sur moi, j'avais saisi le couteau et l'avais pourfendu. Ma journée avec Eva ne devait figurer nulle part dans mon témoignage. Elle n'avait jamais existé.

J'avais demandé à Ben de rester auprès de Lauren pendant que je courrais chez Claire à toute allure. Il fallait absolument que je la convainque de s'occuper de ma sœur. En sortant j'envoyai un message à Pav.

Pourquoi tes mecs ne sont pas allés à l'académie de billard ?

Parce que je ne leur ai rien dit. Le chantage, c'est pas mon truc, mec.

Et aider tes potes ?

T'es plus mon pote.

Quand j'ai appelé les flics pour avouer que j'avais poignardé mon père, ils n'ont pas sourcillé. Ils ont dit « Putain cet Eden, c'est vraiment l'enfer ! » en m'embarquant. Lauren fut à peine interrogée.

Pendant le procès, l'avocat qu'avait choisi Claire a invoqué ma vie comme circonstance atténuante, mais ça n'a pas suffi à me faire acquitter. Le jury a estimé que quatre ans de prison pour homicide involontaire m'apprendraient à vivre. Claire était effondrée. Elle m'avait promis de s'occuper de Lauren. Je lui avais remis toutes mes économies, un sac entier de billets de banque, comme un malfrat, pour que Lauren entame une thérapie auprès de la psychanalyste qui avait suivi Claire après Omagh. Elle avait refusé l'argent et promis de le garder jusqu'à ma sortie de prison. Quant à Eva, elle a disparu. Je ne peux pas lui en vouloir, c'était ma décision de protéger ma sœur en l'occultant. Je ne l'ai jamais revue.

Le père Wisniewski s'essuie le nez d'un revers de soutane puis se lève. J'interromps ma confession. Il me regarde de toute sa hauteur. Va-t-il me dénoncer ?

— Il n'y a rien à dénoncer, Adam. Tu n'as rien fait. Tu as protégé ta sœur depuis toujours et contre tout. Il n'y a rien à pardonner non plus. Va en paix. Commence ta vie. La tienne.

Il se lève et me serre la main, puis me donne une accolade virile comme souvent entre boxeurs. Le père Wisniewski me dépasse au moins d'une tête. Je pourrais le repousser, mais je me laisse faire. Je ne me suis jamais appuyé sur l'épaule de personne. Encore moins celle d'un père.

En quittant l'église, je trébuche sur un pot de peinture. Le liquide noir macule les semelles de mes chaussures. Les ouvriers ne sont plus là, sans doute partis s'acheter un sandwich à l'épicerie polonaise, en face. Je remets le pot à sa place et me dirige vers un banc à quelques mètres de là. Mes semelles collent légèrement au trottoir. Je me retourne. Imprimées derrière moi, mes traces me suivent. Elles s'effacent un peu plus à chaque pas, à mesure que la peinture adhère à l'asphalte.

Je m'assieds et allume mon téléphone, maintenant chargé, pour la première fois depuis quatre ans. De lassitude, j'expire profondément, cherchant presque à évacuer la vie qui m'a conduit jusqu'à ce banc. Jusqu'à cette minute.

Mon portable vibre dans mes mains avec frénésie ; une première fois, puis une autre et encore une autre, puis une ribambelle de fois. Je regarde l'écran : Eva, Eva, Eva – une soixantaine de messages conservés dans la mémoire de mon téléphone depuis quatre ans, tous datés des quelques jours qui ont suivi notre escapade à Brighton.

1. Merci pour aujourd'hui, c'était top de passer la journée à Brighton ensemble, j'ai hâte qu'on se revoie.
2. Je t'ai attendu, j'ai cru que tu suivrais le taxi jusque chez moi et que tu sonnerais à ma porte. Une autre fois...
3. Quand est-ce que tu es libre ?
4. Tu as reçu mon message d'hier ?
5. Tout va bien ?
9. Je suis inquiète, pourquoi tu ne réponds pas ?
16. Pourquoi tu ne réponds pas ?
33. Adam, si j'ai dit ou fait quelque chose qui t'a déplu, dis-moi.
36. C'est ma blague sur ta mère et l'échelle ?
42. Je suis désolée.
56. Je crois que tu m'as *ghostée*. Qu'est-ce que je t'ai fait ?
61. J'ai le cœur brisé. Je ne sais même pas pourquoi.

Elle voulait que l'on se revoie. Je suis anéanti. Un soixante-deuxième message arrive. Il est daté de l'année suivante. J'étais déjà en prison depuis plusieurs mois.

62. Mon téléphone vient de me rappeler qu'on était ensemble à Brighton il y a un an. Je ne sais pas ce qui s'est passé, Adam. Je ne connais même pas ton nom de famille. Je suis passée plusieurs fois devant l'Eden mais je n'ose pas demander. Les gens me regardent bizarrement. La dernière

fois que j'y suis retournée en espérant t'apercevoir, le quartier était en pleine destruction. Je ne sais pas où tu es. J'espère que tu vas bien. C'est bizarre de disparaître, de me planter comme ça après cette journée magnifique à Brighton. J'espère qu'il ne t'est rien arrivé de grave.

Un soixante-troisième message suit le précédent. Une image. Notre selfie sur la plage de Brighton. Puis un soixante-quatrième, la même image envoyée de nouveau l'année d'après sans le moindre commentaire. Puis un soixante-cinquième, la même image encore, envoyée cette fois-ci en mai de cette année, il y a quelques mois à peine. Aucun texte n'accompagne aucune d'elles.

Je me prends la tête dans les mains. Le visage d'Eva me revient, sur le quai, au parc, sur la plage à Brighton. Elle voulait qu'on se revoie. Depuis le début. Elle a même essayé de me retrouver. Elle n'a pas abandonné. Elle ne m'a pas abandonné.

Sa maison se trouve à cinq minutes d'ici. Si j'y vais, est-ce qu'elle y sera ? Est-ce qu'elle aura envie de me voir après quatre ans de silence ? Qu'est-ce qu'elle dira quand elle apprendra que je sors de prison ? Que je viens d'y passer quatre ans pour parricide ?

Elle a sûrement rencontré quelqu'un d'autre, m'a sûrement oublié. Si ça se trouve, elle me claquera la porte au nez, elle m'insultera et me criera de foutre le camp.

Les paroles de Claire me reviennent en mémoire. « Tu n'as jamais baissé les bras, Adam. »

Et si Eva pensait encore à moi ?

Je suis tiraillé, à mi-chemin entre l'angoisse et l'espoir.

ACHEVÉ D'IMPRIMER
EN JANVIER DEUX MILLE VINGT-DEUX
PAR L'IMPRIMERIE FLOCH À MAYENNE.